ダンジョンのお掃除屋さん
～うちのスライムが無双しすぎ!?
いや、ゴミを食べてるだけなんですけど?～

主な登場人物
ユーリ
ギルさんの探索者パーティのなかの一人。ミレイと双子。大人しく引っ込み思案な性格。
天海最中
ブラック企業で働いており、趣味はダンジョン配信の視聴。あることを機に、相棒のスライムと一緒にダンジョンでお掃除をすることになる。
ギルさん
本名は尾上銀一郎。モナカが最初に出会う探索者パーティのなかの一人。面倒見の良い性格で、戦闘センスは天才的。ダンジョン飯が大好き。
ミレイ
ギルさんの探索者パーティのなかの一人。ユーリと双子。明るく元気な性格。
ライムス
モナカの相棒にして、大事な家族のスライム。食べることが大好きで、ゴミもおいしくいただく。人懐っこい性格で、「きゅう！」と喋る。

伊藤真一
初めてのダンジョンで、イレギュラーモンスターを倒したため、英雄扱いされている。しかしそのイレギュラーモンスターを倒したのは本当は……。
岡田さん
本名は岡田修。モナカの会社の上司で、モナカに対して当たりがきつく、無茶な仕事を押し付けてくる。
須藤光
モナカの会社の同僚。大人しく、冷静沈着。モナカに対してかなり好意的。
伊賀さん
本名は伊賀智則。『魔物使いの試練』の会場で、モナカと知り合う。

Contents

ダンジョンのお掃除屋さん

～うちのスライムが無双しすぎ!?
いや、ゴミを食べてるだけなんですけど?～

藤村

イラスト
紺藤ココン

1章　モナカと偽りの英雄編

ふう。今日も頑張ったな、私。

時計の針は、既に23時を回っている。

私はトイレでバシャバシャと顔を洗い、ふと顔を上げた。眼前に横長の鏡が設置されていて、そこには疲れきった表情の女が映っていた。首から下げられたカードには天海最中《あまみもなか》と表記されていて、そこに映る女の顔は晴れやかな笑顔。

——まるで別人だなぁ、と自分でも思う。

でも、こんな死人みたいな顔になるのも仕方ないよね。だってこの会社、あまりにもブラックなんだもん。まぁ、文句言ったところでなにも始まらないんだけどね。

だって、仕事っていうのは生きていくうえで欠かせないから。もし仕事を辞めたら、お金が入ってこなくなる。最悪、私一人が飢え死にする分には問題ない。もちろん嫌だけど、死ぬのは怖いけど、まだなんとか許容できるラインだ。でも私には家族がいる。

子供の頃からずーっと一緒に生きてきた、ペットのスライム・ライムス。ライムスは私にとってかけがえのない存在。私の四肢が捥《も》がれようとも、胴体が真っ二つにされようとも、ライムスだけは守らなきゃならない。

思えばこの1年近く、私はライムスのためだけに働いてきたような気がする。

「よし。明日は休みだし、来週からまた頑張ろう！」

ライムスのためにも挫《くじ》けてる暇なんてないよね。辛いことも大変なことも多いけど、もっともっと頑張って、美味しいモノ食べさせてあげなくちゃ！

私はあとは退社するだけだというのに、襟《えり》を正しネクタイを直した。細かいことが気になる性分《しょうぶん》の私は、一度気になった箇所は直さないと気が済まない。そのせいで仕事が上手くいかないこともあるんだけどね……。

身だしなみを整えた私は、ゆっくりと深呼吸してから女子トイレをあとにした。そしてそのまま会社を出て、帰路に着いた。会社の窓からは、まだいくつかの光が漏れ出ていた。

翌朝。息苦しさと瑞々《みずみず》しさを感じて目を覚ますと、私の顔の上に水色のぷよぷよとした球体が乗っかっていた。この子が私の家族のライムスだよ。

『きゅぴるんっ！　きゅぴぃ！』

「むにゃむにゃ。ふふ、朝から元気だねえ」

『きゅぴーーっ!!』

「うん、おはよう。ライムス」

ライムスと私は言葉は違うけど心は通じ合っている。

だからなんとなく言いたいことは分かる。

私はむくりと身を起こし、布団を整えてから居間に向かった。カーテンを開けると陽光が差し込んできて気持ちが良いね。私はそのままキッチンに向かって顔を洗い、歯を磨いた。

居間に戻ったあとはテレビをつけて、ポットの水が足りているのを確認してから湯を沸かした。その間に食器棚から丸皿、マグカップ、シリアル、4つ入りのミニパンを取り出しておく。丸皿にはシリアルと牛乳を入れて、マグカップにはインスタントのコーヒー粉末とグラニュー糖を入れた。シリアルはライムスの朝ごはん、コーヒーとパンは私の分だよ。

「それじゃ、いただきます」

『きゅぴ〜〜』

ライムスは嬉しそうにシリアルを食べている。

嬉しそうなライムスはいつもより弾力があって、体全体で喜びを表現してくれる。そんな姿がかわいらしくて、ついつい頬が緩んじゃう。

朝食を終えると、私はソファに寝転がって、配信アプリ【ダンジョン・デイズ】を起動した。

通称D・Dと呼ばれているこのアプリは、老若男女《ろうにゃくなんにょ》問わず多くの人が利用しているよ。

私みたいに仕事が忙しかったり、モンスターと戦うのが怖かったり。そういう人ってのはダンジョンには潜れない。だから、その代わりに配信を見るってわけ。

ちなみにダンジョンっていうのはホールの先に広がる不思議な空間のこと。中には目も眩《くら》むような財宝が眠っているけれど、代わりに、危険なモンスターもいるというよ。

そして、ホールっていうのは、不定期に出現したり消滅したりする渦のこと。

今から100年くらい前に突如としてホールが現れて、その先はダンジョンに繋がっていた。そして人類にはレベルやスキルという異能が芽生えた……というのは小学校で習う内容だね。

ブラック企業で道具のように消費され続けること早1年。今の私の癒しといえば、休みの日にダンジョン配信を見ることくらいなもの。

隣にライムスがいて、おいしいコーヒーが飲めて、楽しいダンジョン配信を見られる。なんてことのないちっぽけな日常かもしれないけれど、私はこの生活を守るために、必死に働いている。

そしてそのことに、誇りを感じてもいる。

『きゅるぅ、きゅぴぃ～』

「え、今日はアマカケの配信が見たいって？　ふふ、気が合うね～。私もアマカケの気分だったんだ～」

アマカケはＤ・Ｄランキング10位のＤｔｕｂｅｒ。

細身長身のイケメンで、チャンネル登録者数は３００万人を超えているよ。探索者としてはＣランクだけど、そのルックスとトークの上手さでここまで人気になった。アマカケがボケを担当して、他のメンバー２人がツッコミを入れる。それがすごく面白いんだよね〜。

ダンジョン配信は大きく分けると２つのジャンルに分けられるよ。

モンスターを討伐して未踏区域に挑む攻略配信。反対に、なるべく戦闘を避けてやりたいことだけをやる非攻略配信。

非攻略配信は、かわいいモンスターを紹介したり飼育したりするのが人気だね。で、他にも同じくらい人気なのがダンジョン飯配信。ダンジョンっていうのは常識が通じないけれど、だからこその利点もある。それは、普通じゃ味わえないスリルを味わえること。そして、普通では見られない景色を見れること。

ダンジョンで食べるご飯は、普通の数10倍も美味しくなるって言われているくらいだよ。

アマカケは前者。持ち前のパワーとスピードを生かした攻略配信が人気を博していて、もちろん私とライムスもこの人の配信が大好きだよ。

「剣銃放射《ソード・レイザー》！」

銀色に煌めく長刀を銃のように構えると、先端から細くて長い熱線が発射され、飛翔していたワイバーンの脳天を貫いた！　ワイバーンは断末魔の雄叫《おたけ》びを上げながら落下して、地面に激突。数秒後、ぽふんっ！　と消えた。

モンスターは倒すと煙になって消えるよ。そして霧が晴れると、そこにはお金やアイテムがドロップしていることがあるよ。このドロップ品も大事なお宝の一つだね。

「やったー、アマカケがワイバーンを倒したよ！　やったねえ、ライムス！」

『きゅぴぃ～～』

私とライムスはぴょんぴょんと大喜びした。画面には満面の笑みを向けるアマカケの姿。親指を立てて、すごく嬉しそう。ワイバーンはCランクだけど、種族は龍種で、モンスターのなかでも最強クラス。それを倒せたっていうんだから、そりゃ嬉しいよね。

アマカケは他に2人のメンバーを連れて、3人組のパーティで活動している。タンクのボリードとヒーラーのシュウラ。ボリードはBランクで、シュウラはCランクだよ。

「よしっ、それじゃあ今日はこの辺で終わっとくか。明日はこの続きから配信するから、ぜひ見に来てくれよなっ！」

カメラにピースを向けながら、楔《くさび》を地面に突き刺すアマカケ。この楔があれば、次に配信を開始する時に、入口から一気にワープができるんだ。

逆に言うと、楔を刺すということはそこで配信が終わるということでもあるから、ちょっぴり寂しい光景でもあるね。

「この配信が面白いと思ったら、画面左下のグッドボタンを押してくれ！　それから、右下のボタンを押せばチャンネル登録もできるから、忘れずに頼むぜ、このとおりだ！」

「いや、どのとおりだよ！」

配信終了間近のお約束の光景が液晶の向こう側で展開される――その時。ふいに画面が斜めに傾き、ガチャガチャと機材の倒れる音が聞こえた。

「うおっ、ビックリした！」

「サーセン、カメラ倒しちゃいました」

どうやらスタッフがカメラを倒してしまったらしい。こんなこと今まで一度もなかった。もしかしたらドラゴンモンスターを倒した喜びで気が緩んでいるのかも？

いろいろと気になることはあるけれど、私は、それら全てがどうでもよくなるほどの衝撃を受けていた。

倒れたカメラが映し出したのは、放置されたゴミの山だった。きっとアマカケの前にここを通った探索者がいたんだろうね。

割り箸やストロー、スプーンにフォーク。ビールの空き缶にエナドリの空き瓶、カップ麺の残骸にカセットガス。それは見るからに悍ましい光景で……。なにより一番ショックだったのは、それらを認識しておきながら、まるで気にもしていないアマカケの姿だった。

配信が終わる頃には、既に12時に差しかかっていた。

「……お昼ご飯作ろっか」

『きゅぴぃ～～』

私はなんとも言えないモヤモヤを感じつつ、ソファから降りて、キッチンに向かった。

◇◆◇◆◇

翌週、月曜日。職場にて。

「おい天海、書類一つ作るのにどんだけ時間かけてんだッ！」

「すっ、すみません！　ちょっと細かいところが気になっちゃって……」

「言い訳はいいから早くしろ！　そんなだからお前はポンコツなんだよ、この給料泥棒が！」

「ひぅっ、す、すみません……」

私は上司の岡田さんに怒鳴られながら、必死に業務を熟《こな》していた。

もちろん怒鳴られたらいい気分はしないよ。それに、時々は泣きそうになることもある。けれどその度に、私はライムスのことを思い出して頑張ってきた。

そして17時。まもなく定時という頃になって、岡田さんが大量の書類を持ってきた
「天海、これ今日中に頼むな。オイ、お前らも今手ぇ付けてるヤツ今日中に終わらせとけよ～。それといつも言ってるけど、タイムカードはちゃんと17時で切っとけな～」

そう言って岡田さんはオフィスから出て行った。直後、オフィス内の緊張が一気に解れるのを感じた。火曜日、水曜日と日を重ねるにつれて耐性ができていくけれど、どうにも週初めの月曜日はキツい。たぶん岡田さんもそれを分かっているから、ワザといつもより厳しくするんだろうなぁ。

「はぁ、疲れた。今日も終電だな～」

いつからか終電が当たり前になっている。そしてその当たり前に異議を唱える人はいない。

もちろん私もその一人。

「ちょっとお手洗い行ってきますね」

私は隣席の須藤さんに声をかけて、オフィスをあとにした。それからトイレで身だしなみを整える。相も変わらず、鏡には死人のような顔をした女が映っていた。

「ふぅ……これでよし、と」

私は大きく深呼吸してスイッチを切り替えた。

ライムスのためにも、もうひと頑張りいきますか！

帰宅すると、ライムスが出迎えてくれたよ。

『きゅぴぴ〜〜』

「うん、ただいま。お昼と夜はちゃんと食べた？」

私は仕事が遅くなることが多い。だからお昼と夜は、一風変わったものを食べさせている。

これが犬や猫だったらこうはいかない。けれどスライムは、こと捕食に関しては特別な力を持っていることで有名だ。なんとスライムは、どんなものでも消化できるし、どんなものからでも栄養を摂取できるのだった！

スライムがペットとして人気なのは、こういう一面もあってのことなんだよね。

ライムスにはお昼と夜にゴミを食べさせている。

人間にとってはその名の通りゴミなんだけど、ライムスにとってはご馳走《ちそう》みたい。ま、私と一緒に食べるご飯には劣るみたいだけどね。

とはいえスライムにも好みはある。みんながみんなゴミを食べるかというとそうでもないから、そこは注意が必要だね。

『きゅぅ、きゅるぴ〜〜』

「ふふ、ちゃんと一人で食べられたみたいだね。じゃあナデナデしてあげよっか」

『きゅぅう！』

「あははっ、そんながっつかなくたって私は逃げないよ。ちょっと、くすぐったいってばぁ～」

仕事は大変だけど、ライムスと戯《じゃ》れ合っているこの時間は幸せだなぁ。短い時間だけど、この瞬間のために、明日も頑張ろうと思うよ。

その週の土曜日。私はこの日も、ライムスと一緒にアマカケの配信を見ていた。でも、どういうわけか先週よりもワクワクしない。なんていうか、胸に突っかかりを感じちゃう。ライムスと一緒に見るの楽しみにしていたんだけどなぁ。

う～ん、なんでだろう？　仕方がないので他の配信者を見ることにしたよ。けれどそれでも、どういうわけだか、楽しいと思えなかった。

やがて私は、その理由に気付いた。アマカケだけじゃない。いろいろな探索者がＤｔｕｂｅｒとして配信しているけれど、その配信には必ずと言っていいほどあるモノが映り込んでいる。なのに、それを気にする声は一つもない。その場にいる探索者も、コメント欄も。誰一人として、放置されたゴミには触れようともしない。まるでそこにゴミなんてないみたいに。

『きゅるん？　きゅぴぴぃ～～？』

ライムスが心配そうに私の顔を覗き込んでくる。私はなんでもないよと取り繕《つくろ》って笑顔をみせた。

そして翌週、また翌週と、今までと変わらない日常が続いた。

朝起きて、ライムスとご飯を食べる。ライムスに見送られながら家を出る。夜遅くに帰宅して、ライムスと戯れ合う。

そして土曜日と日曜日は、一緒にＤｔｕｂｅｒの配信を見て楽しむ――。なんでだろう。全然楽しく感じないや。そう感じ始めてから、２カ月近くが経とうとしていた。

その週の土曜日。私はいつもと同じように、ライムスと一緒にダンジョン配信を見ていた。

そして時間の経過とともに、イライラが募っていくのを感じていた。やがてついに私は決壊《けっかい》した。

「にゅやぁあ～～～、もう我慢できないよぉおッ!!」

もうダメ限界！　いくらなんでもゴミが気になりすぎるっっ!!

『きゅぴぇ～～!?』

驚いたライムスがころころと転がって、ソファから落ちて、ぺちゃんと平らになった。

私はライムスを救出して両手の上に掬い上げた。

「ねぇライムス、どうしてみんなゴミのことが気にならないんだろう？」

『きゅぴ⁇』

「あんなにゴミが映っていたら気になって気になって仕方がないよ！　そうは思わない？」

『きゅぴぃ～～』

「えっ？　ボクは全然気にならないよって？　そっか、ライムスにとってはご馳走が映ってるだけだもんね」

……はっ‼　そうだ！　それならいい方法があるじゃない！　ライムスとのお喋りを経て、天啓《てんけい》が舞い降りた。

「だったら私がダンジョンをきれいにしよう！」

あまり勉強は得意じゃないけれど、この時だけは自分のことを天才だと言いたくなったよ。

きっとこれもライムスのお陰に違いないね。私はライムスに頬ずりした。

「ライムスのお陰でいいこと思いついちゃったよ～」

『きゅぴぃ～～？』

「ライムス、明日は好きなだけご馳走《ゴミ》が食べられるよっ！」

私が笑うと、ライムスも嬉しそうにぷるぷると弾んで、喜びを表現してくれる。

やっぱりライムスはかわいいな～。私はライムスを揉みくちゃにする勢いでナデナデした。

するとライムスはもっともっと喜んでくれた。

その日の晩。私はダンジョン攻略に必要な最低限のアイテムを買い揃えた。

「初めてのダンジョン。ちょっと不安だけど、低難易度なら大丈夫だよね……」

ダンジョンに必要なものは、ダンジョンショップで購入できるよ。

私は手ごろな鉄の棒と体力回復ポーションの5本セットを購入した。

いくらゴミが気になるといっても、私には探索者としての経験なんてまったくないからね。

まずは低難易度ダンジョンをきれいにしようと思うよ。低難易度ダンジョンに出るモンスターは弱くて、鉄の棒で殴るだけでも倒せちゃう。

だから鉄の棒を購入したよ。体力回復ポーションは念のためだね。

「ライムス、明日は頑張ろうねっ！」

『きゅぅ〜〜！』


翌日、12時。

「えー、ではこちらの書類に記載をお願いしまーす」

私は自宅近くの川辺のホールまで、ライムスと一緒に来ていた。SNSによると、このホールは数日前に出現したらしいね。

川辺には規制線が張られていた。そして周辺にはスーツを着た男の人たちがいる。スーツの人は探索者協会の人で、いろいろな手続きをしてくれるよ。

出現したこのダンジョンはＦ難度。ランクというのはＦが一番低くて、その次にＥ、Ｄ、Ｃ……と上がっていくよ。

ここはＦ難度で一番低い。だから私みたいな初心者でも入れてもらえるんだけど……。

私は書類に視線を落とす。するとそこには、日常では聞かないような文字が並んでいた。

怪我をしたり事故に巻き込まれても自己責任とする。死亡しても、その責は本人に帰結する。トラウマ等の発症により日常生活に支障を来《きた》したとしても、国は一切の責任を負わないものとする。

とまぁこんな感じでして。おっかない言葉がたくさん並べられているものだから、正直いうとちょっぴり怖かったり……。

ちなみに多くの探索者は探索者保険っていうのに加入しているから、一々こんな書類にサインはしないらしいね。

「天海最中――はい、書けました」

「えーと、そちらのスライムは？」

「あ、この子はペットスライムのライムスです。確か、ダンジョンにはペットも連れて行けるんですよね？」

「ええ。ですがその場合は、ペットの名前も記載してもらわねばなりません」

「そうなんですね。分かりました」

「お手数をおかけします」

「いえいえ、お気になさらず」

私は促されるまま、自分の名前の下に天海ライムスと記載した。

「ご武運を」

「はい、行ってきますっ！」

『きゅぴぴぃ～～っ!!』

ライムスは元気いっぱいに飛び跳ねた。きっとたくさんのご馳走が食べられるのが楽しみなんだろうね。ふふ、やっぱりライムスはかわいいねぇ。

「うわあ～～、配信で見るのとまるで違うや。ね～、ライムス」

『きゅるるぅ～～』

ホールの先には見晴らしのいい草原が広がっていた。左手側には川が流れていて、青空には雲一つなかった。

「よぉーし、それじゃあ早速お掃除開始だ！　行くよ、ライムス！」

『きゅぴぃ～っ！』

私とライムスは、広大な草原エリアを探索していく。

探索とはいっても、迷子になるのは嫌だから、最初は川に沿って歩いていただけなんだけどね。それでも、結構な数のゴミがあってビックリしたよ。

「ライムス、ここにもゴミがあるよ。はい、あ～ん」

『きゅぴぃ～～！』

私があ～んしてあげると、ライムスは嬉しそうにぷるぷると揺れながら、ゴミを丸呑みした。

「よし、この調子でどんどん行こう！」

『きゅぴぴ～～っ!!』

それからも私とライムスは、ゴミを見つけては掃除をしていった。

そしてダンジョンに入ってからしばらく経過した頃になって、私は違和感に気が付いた。

「あれ？　そういえば他の探索者に会わないね？　ていうか、モンスターも全然いないよね??」

いくらF難度のダンジョンでも、こんなにスカスカなのはおかしい。ダンジョン配信っていうのはレッドオーシャンだからね。いまこの瞬間にも才能の壁に打ちのめされて挫折する人がいる。けれどそれ以上に、配信の世界にやってくる人がいるんだ。

ダンジョン・デイズで【初配信】のタグを検索すれば、数えきれないほどのダンジョン配信がヒットするほどだよ。

そして【初配信】タグをつけている人は初心者だから、そのほとんどがF難度ダンジョンに潜っているんだよね。

それなのに、未だに誰とも遭遇しない。それにモンスターの気配もない。これはいくらなんでもおかしい。初心者の私だけど、それくらいは分かるよ。

「ねぇライムス。なんかこのダンジョンおかしいよ。どうする？　一回帰る？」

『きゅぴぃ!!』

「え？　もっとお掃除したいって？」

私は少し悩んだ。でもライムスがそう言うなら仕方ないよね。

「分かったよ、ライムス。それじゃ、もっともっときれいにしちゃおっか！」

『きゅぴぴぃ〜っ！』

ふふ、ライムスったら。はしゃいじゃってかわいいね。

私たちはそれからもゴミを掃除しつつ、川沿いを進んでいく。

そしてさらに時間が経過した頃になって。私とライムスは、ダンジョンに入って初めてのモンスターに遭遇した。そのモンスターは配信で見たゴブリンにそっくりだった。

少し違うのは、目が真っ赤に光っていること。そして普通のゴブリンより大きいこと。大きさは目算で３ｍくらいはあるかな。ゴブリンの中には、種族をまとめ上げるゴブリン・リーダーっていうモンスターがいるよ。きっとソレだね。

ちなみに、ゴブリン・リーダーはゴブリンより少し強いだけで、ランクは最弱のＦだよ。

棍棒には血がついていて、地面にも血が飛び散った痕跡がある。もしかしたら誰かと戦った後なのかも？　それにしても、あいつの後ろにあるゴミが気になるなぁ。

同じことを思ったのか、ライムスが語りかけてきた。

『きゅう！　きゅぴぴぇ～！』

「うん、そうだね。あいつの後ろのゴミの山、すごく気になるよね」

『グァアアアアアッッ！！！』

うわぁ、すごく威嚇《いかく》してきてる。でも見た目はゴブリンなんだよね。

ちょっとデカいのと目が赤いのが怖いけど、ランクはＦ。それならきっと勝てる。

「ちょっと、掃除の邪魔なんだけど！」

鉄の棒を叩きつけながらこっちも威嚇してみた。けれどゴブリンは余計に激高するだけだった。

「もー、しょうがないなぁ。こうなったら仕方がないよね。ライムス、あいつも食べちゃって！」

『きゅぴぃ～～っ‼』

私の指示を受けて、ライムスがゴブリンに突進していく。

するとゴブリンは怯《おび》えたような顔つきになった。そして縦横無尽にこん棒を振り回す。それはまるで、小学生が喧嘩で繰り出すぐるぐるパンチみたいで、ちょっとかわいかった。

スライムとゴブリンはお互いにFランク。けれどこっちはチームを組んでいる。

自分が不利なのを察して、必死になっているのかもしれないね。

『グゥッ、ォォオオオオッッ！！！！！』

『きゅぴぃいい～～ッッ！！』

ライムスはゴブリンに纏わりついた。

そして全身をグニグニと広げて、ゴブリンの全身を包み込んだ。

『グギャーーーーッ！！！』

ゴブリンは断末魔の雄叫びを上げて、倒れた。どうやらライムスのお腹に納まったみたいだね。

『きゅ、きゅぴぃ～～』

「えっ？　もうお腹いっぱいになっちゃったの⁉」

『きゅぴ……、ぴぃい……』

満足したのか、ライムスはぐーぐーと眠ってしまった。

「ふふっ、しょうがない子だね。あのゴミはまた今度にしよっか」

私はライムスを抱えたまま来た道を引き返す。帰路の途中も、他の探索者やモンスターに出会うことはなかった。

外に出ると、探索者協会の人が慌てた様子でバタバタとしていた。魔力測定器の故障がどうのこうのとか言っていたけれど、私にはよく分からなかった。それにしてもすごい鬼気《きき》迫った顔だなぁ～。

もしかして100万円とかする機械なのかも？　もしそんな機械を壊しちゃったら、もう絶望だね……。想像したくもないや。

「ライムス、お家帰ろっか」

『きゅぅ～……』

ふふっ、寝てる顔も幸せそうでかわいいね。お陰で明日からの仕事も頑張れそうだよ。

◇◆◇◆◇

俺の名前は伊藤真一《いとうしんいち》。どこにでもいるしがない大学生だ。

小・中・高と俺はなにも考えずに生きてきた。やりたいことも特にないし、将来の夢もない。それが今までの俺だった。

けれど、大学に上がって俺の人生は大きく変わった。俺は大学生になって初めて恋に落ちたのだ！　相手の名前は山上美奈。いつも明るくて笑顔を絶やさない、そんな女の子だ。ある日、俺は意を決して彼女に告白した。しかし。

「私、弱そうな人って好きになれないんだよなぁ～。そーだ、伊藤くん探索者になりなよ！　強くなったら付き合ってあげてもいいよ？」

こうして俺に夢ができた。探索者になって強くなる。そして美奈ちゃんを振り向かせてみせる。それが俺の夢だ。

探索者になりなよ！　そう言われてから1年。俺はひたすらに準備を続けてきた。実力のあるＤｔｕｂｅｒの配信は毎日視聴したし、筋トレにも精を出した。そして１日１０００回の素振りも繰り返した。１年前は細かった腕は、目に見えて太くなっていた。腹筋だって割れた。身長も伸びて、俺の見た目は中々に強そうになっていた。

これならＦ難度ダンジョンくらいは楽勝だろう。そう思ったが、ダンジョンというのは油断大敵。いつ何時どんな不測の事態に見舞われるか、誰にも分からない。だから俺は入念に準備を進めた。

武器や防具は無理のない範囲で上質なモノを選んだ。さらに、体力回復ポーションも10個購入した。これだけあれば敗走する可能性はほとんどない。あとは俺の雄姿を全世界に配信するだけだ。そのためにダンジョン専用のカメラマンまで雇った。

俺はこの日、生まれて初めての散財をした。武器、防具、ポーション、カメラマン。その総額は50万にも上ったが、後悔はしていない。

今日、俺はＤｔｕｂｅｒとしてデビューする！

そして格好いい姿を全世界に配信し、全力で美奈ちゃんにアピールしてやるぜ!!

かくして俺はレンタルカメラマンの佐々木を引き連れて、自宅近くの川辺に出現したＦ難度ダンジョンへと足を踏み入れたのだった。

「はっ、はっ、はぁっ……」

ぐう、クソ、ちくしょう。どうしてこんなことに……。

最初は順調だった。俺は次々とモンスターを斬り伏せていき、どんどん奥に進んだ。

しかし探索開始から30分近くが経過した頃、異変が起きた。なんと、モンスターの大群がこちら目がけて走ってきているのだ。俺はこの1年ダンジョンについて学んだ。だから分かる。

これはイレギュラーが出現した時に生じる異常現象だ。モンスターの群れはイレギュラーから逃げようと必死になっているのだ。

俺は近くにいた探索者と佐々木にイレギュラーの出現を伝えた。そして俺たちは必死に走ったが、慣れない装備品で思うように走れず、体力も奪われ。

モンスターの大群はあっという間に俺たちを追い越していき、そして反対に、俺たちはあっという間にイレギュラーに追い付かれてしまった。

俺は真っ先にスマホを手に取った。しかしそこには圏外と書かれている。イレギュラーの中にはその圧倒的な魔力で電波を阻害してしまうヤツもいると聞く。目の前のヤツがそうなのだろう。

それはゴブリンを巨大化したかのようなモンスターだった。全長は３ｍくらいはありそうだ。しかも他のゴブリンと違って、肉体は筋骨隆々《きんこつりゅうりゅう》。

一番の相違点は赤光を放つ双眸《そうぼう》だ。バーサーカー。そんな言葉が脳裏を過った。

「逃げるぞっ‼」

俺は佐々木と、それから周囲にいた他の探索者に向かって叫んだ。

イレギュラーだろうがそうでなかろうが、モンスターがホールを潜ることはできない。つまり下層に続くホールに潜ることができれば、危機を逃れることができる。

他にも助かる手段はある。休憩スペースに逃げ込むとかな。でもここからは距離がある。ホールのほうが近いから、まだ助かる可能性は高いだろう。

俺たちは我先にという思いで必死の形相《ぎょうそう》で走った。しかし——。

「たっ、助けてくださぁああああいいっ!!」

「さ、佐々木っ!!」

足を縺れさせた佐々木が転倒してしまった。一瞬、俺は迷った。助けに行けば俺の身が危ない。このまま見て見ぬフリをして逃げる、それが最善手……。けれどすぐに考えを改めた。

他人を見捨てて生き残れたとして、それでどうやって美奈ちゃんに顔を合わせるんだよッ！！！

「うぅォオオオオオッ!!」

俺は猛ダッシュでイレギュラーに向かっていった。

『ガァァアアアアッ!!』

ドガッッ！！！

こん棒が大地を穿ち、土が隆起し、剣のようになる。

「クソ、なんつー威力だよ！」

でも、お陰で気は引けた。このままヤツの注意を俺に向けて、佐々木が逃げるまでの時間を稼ぐ!!

「佐々木、急げ！　早く逃げろ!!」

『グルァアアアッ‼』

さらにもう一撃、とてつもない威力でこん棒が振り下ろされる。俺はギリギリのところでそれを避けた。

「ひぃえええええっ‼」

イレギュラーが俺に標的を定め、佐々木から視線を背けた。

その隙を逃さず、佐々木は必死の叫びを上げながら走っていった。

「よし！　あとは俺が逃げられるかどうかだな……」

『グアアアアッッ‼！』

バッゴォーーーンッ‼　イレギュラーの攻撃が再び大地を揺るがす。飛び散る残骸、瓦礫《がれき》。

俺はまたもやギリギリのところで直撃を避けた。

「おおおおおおっ‼」

あとは全力疾走あるのみ！　なんとしてでも逃げ切る‼　俺はイレギュラーに背を向け、全力で走った。

しかしその数秒後、あり得ないくらいの衝撃を背中に受けた。

「――ッツ！？！？」

な、んだっ⁉　なにが起きた。痛ぇ……っていうか、息、できね……。

ドン！　と強い衝撃が全身に走る。頭から地面に衝突し、体がゴロゴロと転がって、上も下も分からなくなって……。

「はっ、はっ、はぁっ……」

ぐう、クソ、ちくしょう。どうしてこんなことに……。首を動かしてイレギュラーを見やる。そうして俺は、自分の身に起きたことを理解した。

「あの、ヤロウ……」

まさか、こん棒を投げてくるだなんて。そこまでして逃がしたくねェのかよ、クソが。

イレギュラーはこん棒を拾い上げ、キョロキョロと辺りを見渡していた。

あー、くそ。ダメだ、体がまったく動かん。

「ぜぇ、ぜぇ……」

唯一の救いは、転倒した方向に大岩があったことだ。俺の体はその大岩の陰に潜り込むように転がったらしい。俺からはイレギュラーの姿を視認できる。

でもあいつの目線の高さからは俺の姿は見えないみたいだ。その証拠に、イレギュラーはこん棒を拾い上げたままそこから動かない。キョロキョロと辺りを見渡しているのは、俺のことを探しているのだろう。

あのバカみたいな残骸に救われたな。アレが遮蔽物となってイレギュラーの視界をも奪ってくれた。もしそれがなければ、今頃はヤツに見つかっていただろう。

「はー、はー……」

体力回復ポーション、持ってきといて正解だったぜ。

俺はショルダーバッグの中に手を入れた。そして次の瞬間、指先にズキンと痛みが走った。

「……え」

指先にはガラスの破片が刺さっていた。

「まさか」

ゆっくりと身を起こし、大岩に背を凭れさせた。ショルダーバッグの中を確認すると……。

体力回復ポーションの瓶は、全てが割れていた。

「ち、ちくしょう」

このままここに隠れてても見つかるのは時間の問題。だったら――。周辺には、他の探索者が落としていった装備品やアイテムが散らばっていた。もしかしたら、回復アイテムが落ちてるかもしれない。もう、それに賭けるしか……。

俺は意を決して大岩の陰から飛び出そうとして。そしてそこで、あり得ない光景を目の当たりにした。

「な、なんだ、アレ……」

『グギャーーーーーッ！！！』

イレギュラーの全身を、水色のゼリーみたいな液状物質が包み込んでいる。そしてイレギュラーは断末魔の叫びを上げたのだった。

あの水色は最弱モンスターのスライム。それは間違いないだろう。でも、そんなことってあり得るのか!?　イレギュラーが最弱モンスターのスライムに捕食される？　そんなバカな！

「ぐ、ぅう……」

ああ、ダメだ。視界がボヤける。あれは、本当にスライムなのか？　……？　なんだ。他にも、誰か、いる……？　ぐうっ、く、クソ。意識……が……。

◇◆◇◆◇

そうして次に目覚めた時。

俺は病院のベッドの上で、虫食いの天井をぼーっと眺めていたのだった。

「おい天海、これ昨日までにやっとけって言ったヤツじゃねーか！　どうなってんだ!!」

「ひゃぅっ！　ご、ごめんなさい！」

「ごめんなさいで済んだら警察いらねーんだよ、ボケが！」

ううう、今日の岡田さんは機嫌悪いなぁ。せっかく明日になれば休みだっていうのに、気が滅入っちゃうよ。

「すみません、すぐに取りかかります！」

「死んでも今日中に終わらせろよ、分かったな！」

「はい！」

「声が小せー！　シャキッと返事しろ!!」

「は、はぃぃい!!」

ううう、やっぱり岡田さんは嫌いだ。でも、挫けちゃいられない！　私は心の中でライムスのことを思い浮かべる。まるくて、ぷにぷにで、柔らかくて、かわいい。見てるとふにゃふにゃ～って力が抜けて癒されるんだよね～。

よぉーし。ライムスのためにも、気合い入れて頑張るぞっ!!


「た、ただいまぁ～～」

今日はドッと疲れたな。まさか終電を逃してタクシーで帰ってくることになるだなんて思わなかったよ。

『きゅるぴぃ～～っ！』

ぽよんぽよんとライムスがこちらへやって来て、私の胸元に飛び込んできた。

『きゅう～！』

「ふふっ、私が帰ってくるまで頑張って起きてたんだね？　よしよし」

今までにも終電を逃したことは数回あったけれど、ライムスが出迎えなかった日は一度もない。そういう健気《けなげ》なところも愛らしくて大好きなんだよね～。

『きゅう！　きゅうう！』

「え、寂しかったからいつもより多くナデナデしてほしいの？　んもぅ～～、かわいい奴めっ！　それならとびっきりのナデナデをお見舞いしてやるっ、くらえ～～」

『きゅぴきゅぴぃ～～っ！』

「あはははっ！」

明けて翌日、土曜日。

息苦しさとペチャペチャ感を感じて目を覚ますと、いつもどおりライムスが私の顔の上に乗っかっていた。

「むにゃむにゃ。ライムス、おはよ」

『きゅぴいっ!!』

「ふふ、今日も元気だねぇ」

布団を整えて居間に向かうと、ライムスが、今か今かと朝ごはんを待ち侘びていた。

今日の私の朝ごはんは鮭茶漬けにした。そしてライムスはチョコフレーク。

ライムスは私と食べるごはんならなんでも大好物だけど、中でも甘いものが一番好きみたい。

美味しそうに食べているライムスを見ていると、私のご飯まで美味しくなる。やっぱりご飯は家族と一緒に食べるのが一番美味しいや。


今日の私は、少し離れたホールまで来ていた
川辺のホールはイレギュラーが出たということで、先週から調査が続いているんだって。

だから他のF難度ダンジョンを探して、2駅先の公園まで来たよ。児童公園じゃなくて、お花見とかができるくらいのすごく大きな公園で、道路を隔てても公園が続いているよ。

その公園は複数の区画に分かれていて、一番人気なのが噴水が見えるところなんだけど、そこに4日前からホールが出ちゃったらしい。

ホールが出ると、ランクの高い低いに関係なく周辺エリアが封鎖されちゃうから、ちょっと迷惑なんだよね。まあ、ホールがなかったらエネルギー問題とか資源とかで困るらしいから、

ここら辺は難しい問題だけど。

先週と同じように書類に私とライムスのサインを書いて、私たちはホールを潜った。

今度のダンジョンは森林地帯だった。高い木が空まで伸びていて、それがずーっと連なっている。陽は出ているけれど高木に遮られていて、森の中は薄暗さと若干の肌寒さがある。川が流れていて湿気もあるからその分の寒さもありそうだね。

でもライムスにとっては快適みたい。スライムは水の成分が多くて、ダンジョンに出るスライムも水辺を好む。そういう習性はライムスも同じなんだね。

『きゅう～～！』

「ふふっ、ライムスが気持ち良さそうでよかったよ。さあライムス、今日もゴミ掃除、頑張ろうねっ！」

『きゅぴっ、きゅるる～っ！』

私とライムスは元気いっぱいにどんどんと進んでいった。

そしてやはりというべきか、このダンジョンにもゴミはあった。まず最初に見つけたのはポーションの空き瓶。多くの探索者にとって大事なのは中身。それは分かるけど、だからって捨てていくことないのにね。やっぱりモヤモヤしちゃうよ。

「はいライムス、あ～ん」

『きゅぴ～っ！』

ライムスはニコニコと嬉しそうに、空き瓶を丸呑みにした。

他にもコーヒーの空き缶やタバコの吸い殻、ビニール袋とかもあったので、それも食べさせてあげると、ライムスはそれらを美味しそうに食べて、ぷよぷよと弾んで喜んでいた。

でもそのタイミングで、１匹のモンスターがこちらにやってきた。

『グルルル……』

「アレは、ミニ・ワーウル！」

ミニ・ワーウルは小型犬みたいな見た目。ギザギザの毛とトゲトゲの牙が凶暴なモンスターだよ。

「ライムス、モンスターが出たよっ！」

すると、ライムスのほうにもミニ・ワーウルが現れた。ライムスのほうには３匹のミニ・ワーウルがいて、ライムスは逃げられないように取り囲まれてしまった。

「ライムス！」

同じFランクモンスターでも1対３はピンチだ。私はライムスに加勢しようと走った。

けれど、ミニ・ワーウルが行手を阻まんと立ち開かった。

「そんな……」

こうなったら、ミニ・ワーウルを倒すしかない。そしてライムスを助けなきゃ！

ライムス待ってて。絶対に助けるから。私は鉄の棒を構えて、ミニ・ワーウルに対峙した。

本音を言うとすごく怖い。モンスターと戦ったことなんて一度もないし、それに、ミニ・ワーウルはFランクモンスターの中でも凶暴だという。スライムやゴブリンよりも少しだけ強いと聞く。

私に勝てるだろうか？　そんな不安が過る。

「いや、こんなことじゃダメだ。私がしっかりしないと。……ライムス、待っててね。すぐに助けにいくから！」

私は鉄の棒を強く握って、全力で突進した。

「はぁあああっ!!」

『ガルゥウッ!!』

渾身の力で振るった鉄の棒は、しかし空を切る。

そして、ミニ・ワーウルの突進が私に直撃した。

「うわっ！」

突き飛ばされて、その場に尻餅《しりもち》をついてしまう。それでも、私はめげずに立ち上がり、もう一度鉄の棒を構えた。

「邪魔しないでっ、私はライムスを助けるんだから！」

『グルルァッ、ガルァアアッッ!!』

すごい気迫だけど、気圧《けお》されちゃダメ！　絶対に負けないんだから！

「うわああああああっ!!」

鉄の棒を強く握り、今度は突進攻撃を待つ。あの攻撃は強かったけど、滞空時間がある。

そこを狙えば攻撃も当たるはず！

『グワァアアアッッ!!！』

きた、さっきの突進攻撃！　ミニ・ワーウルは飛びかかりながら、すごい気迫で威圧してくる。思わず目をギュッと閉じそうになったけれど、その瞬間、ライムスの姿が浮かんで、勇気が出てきた。

早く助けに行かなくちゃ！　そう思うと、恐怖が霧になって消えていくのを感じた。

「ここだっ!!」

ミニ・ワーウルの跳躍に合わせて、えいっ！　と渾身の一振り。

私の攻撃はミニ・ワーウルのお腹にクリーンヒットした。ミニ・ワーウルは『ギャン！』と吠えながら、痛そうに地面に転がった。私はその隙に、鉄の棒を振り下ろす。

そして3回目の殴打攻撃で、ミニ・ワーウルは煙になって消えた。

「や、やった……っ！　私にもモンスターが倒せた！」

って、喜んでる場合じゃないよ！　早くしなきゃライムスが危ない！

「ライムス、今助けに――」

『きゅぴ〜〜っ！』

ライムスのほうを振り向くと、そこにミニ・ワーウルの姿はなかった。代わりに、嬉しそうに弾むライムスの姿があった。

「……え？」

『きゅぴきゅぴ〜〜！』

ライムスはこちらへやってきて、ぴょんぴょんと飛び跳ねた。

「もしかして3匹とも食べちゃったの？」

私が聞くと、ライムスは元気いっぱいに返事をした。ミニ・ワーウルを3匹とも食べちゃうだなんて、すごい食欲だね。私はライムスを抱きかかえて聞いてみた。

「ねぇライムス。もしかして朝ごはん足りなかった？」

『きゅぴ〜〜！』

どうやらライムスはいまがもっとも食べ盛りみたいだね。いっぱい食べる子はよく育つというし、なんだか嬉しくなっちゃうな！

それからも私とライムスは、モンスターを倒したり捕食したりしながら、ダンジョンに落ちているゴミを掃除していった。

しばらく進んでいると、ふわふわといい匂いが漂ってきて、私とライムスは釣られるように歩いた。するとその先には円形に開けた草原が広がっていた。ずっと連なっていた高木も広場を避けるように横に広がって、気持ちの良い日差しが降り注ぐ。

やっとのことで日陰から解放されて、自然と伸びをしちゃう。ライムスも同じ気分みたいで、ぐにぃ〜と伸びていたよ。

見たところ、この広場は休憩スペースみたいだね。ダンジョンには、野良モンスターが立ち寄れないエリアがあって、探索者はそこを休憩スペースって呼んでいるよ。休憩スペースでは数組の探索者パーティがバーベキューコンロを囲んでいて、白煙がモクモクと上っていた。

「ライムス、私たちもここでお昼にしようか」

『きゅぴぴぃっ！』

今日のお昼ご飯は、私はお握りが2つ。鮭とかつおぶしだよ。

ライムスの分はチョコレートパンを買ってきた。

ゴミ掃除でお腹いっぱいになるかな？　そう思ったけど、ライムスはまだまだいっぱい食べる気でいるよ。ライムスは私を見上げてぷるぷると揺れている。これはまだまだ食べられるよっていうアピール。必死にぷるぷるしてるのを見ると、思わず笑いそうになっちゃうね。

「それじゃあ、いただきます！」

『きゅるっぴー！』

たくさんの人がバーベキューをしていて、キャンプ場みたいなところでライムスと一緒にご飯を食べるのは久しぶりだったから、なんだか懐かしい気持ちになった。

「最後にキャンプしたのって私が中学生の頃だったよね。もうあれから8年近くも経つんだ。なんだかあっという間だったなぁ」

『きゅるるぅ〜〜』

「ふふ、ライムスは本当に美味しそうに食べるよね」

『きゅぴぃ！』

「まだまだ食べられるよって？　ライムスは頼もしいなぁ。お陰でダンジョンもきれいになっていくし、私も嬉しいよ。ありがとうね、ライムス」

『きゅぴ〜！』

昼食を終えると少しだけ気分が良くなってきたので、私たちは30分だけお昼寝することにした。私はリュックサックの中からシートを取り出して、ピンを刺して固定した。仰向けに寝転がると、お腹のところにライムスが乗っかってきた。

「お昼寝が終わったらまた掃除、頑張ろうね」

『きゅぅ～……』

ライムスが寝付くまでナデナデしてあげる。するとだんだんと私の瞼《まぶた》も降りてきて、気付いたら、私は眠っていた。

ピピピピ……。

アラームの音で目覚めると、同じタイミングでライムスが目を覚ました。

「おはよう、ライムス」

『きゅぴ～～！』

リュックサックの中から水筒を取り出して、水で顔を洗った。それから軽くストレッチをして体を解した。

「よし、お掃除再開だよっ」

と、意気込んだのも束の間。私とライムスはそこで驚きの光景を目にした。

さっきまでいた探索者のほとんどがいなくなっていて、代わりにそこには大量のゴミが捨てられていた。私はあまりのショックにくらっと来たけど、なんとか持ち堪えた。

一組だけ残っていた探索者パーティがゴミ拾いをしてくれていて、そのお陰でギリギリ心の平穏を保てた。それにしても酷い。いくらダンジョンの中だからって、少し非常識だと思うな。

休憩スペースは他の人だって使うのにさ！

「ライムス、ゴミ掃除手伝うよ」

私のイライラが伝わったのか、ライムスはいつもより力強く返事をした。

「すみません、ゴミのお掃除を手伝わせてください」

ゴミ拾いをしていた、赤髪ツインテールの女の子に声をかける。女の子はタンクトップのホットパンツという出で立ちで、上着は腰に巻き付けていた。

「おっ、手伝ってくれるのかい？　いやー助かるよ。あいつらと来たら、ダンジョンの中だからってゴミを捨てていってさ。困ってたんだよ」

「一人でも人手が増えるのは有難いぜ」

糸目のお兄さんがこちらに寄ってきた。背が高くて筋肉質なお兄さんだ。

ワイルドな見た目で、サバイバルとか得意そう。

「休憩スペースはみんなで使うところだからな。せっかくの美味いメシも、ゴミが落ちてたら不味くなるってなもんだぜ」

「そうですよね！　その気持ちすごくよく分かります！」

私は首が捥げるほど頷いた。そうだよ。せっかくのバーベキューなのにさ。ゴミなんて落ちてたら、楽しい時間が台なしじゃんか。許せないよ！

「よぉーし。ライムス、遠慮はいらないよ！　ここに落ちてるゴミ、ぜ〜んぶ食べちゃって！」

『きゅぴぴぃっ!!』

ライムスは元気いっぱいに駆け回り、ゴミを食べていった。

「おいおいマジですか。こりゃあ驚きですねぇ。こう見えても僕、モンスターには詳しいんだ。でも、こんなに爆食なスライムは初めて見ましたよ」

糸目のお兄さんの後ろから金髪の青年が姿を現す。金髪の青年は鉄の鎧を部分的に纏っていた。全身鎧だと身動きが大変だから、部分鎧は人気があるよ。ちょっと高いけど、私もいつか買えたらいいな。

「あの子はライムス。私のペットなんです。ライムスはゴミも好物だし、いまが一番の食べ盛りだからすごいんですよ」

「ライムスちゃん……。かわいい……」

一番背の低い青髪の女の子がてくてくとやって来た。右手にはトング、左手にはビニール袋を持っている。ビニール袋の中は既にゴミでいっぱいだった。

「ライムスちゃん……、すごい。私も頑張る……！」

「ふふっ、それじゃあ競争だね！」

「競争……。私、負けない……！」

「いやはや参ったな。探索者歴10年、腕っぷしには自信があったんだが。まさかただのスライムに負けるとはな。あんなにすばしっこいスライムは初めて見たぜ！」

糸目のお兄さんはギルという名前で活動するDｔｕｂｅｒだという。元々は攻略動画を配信していたギルさん。そんなギルさんは気分転換に軽い気持ちでダンジョン飯を配信してみたらしい。

「そしたらあまりの美味さに感動しちまって、そっからはあっという間にダンジョン飯の虜《とりこ》ってなもんよ」

「ダンジョン飯はいいよ〜？　ただのキャンプと違って、モンスターと戦うスリルがあるからね。戦いで温まったあとの焼肉とビール、これが格別なんだよ！」

赤髪ツインテールの子はミレイちゃん。青髪の子は双子の妹でユーリちゃん。２人とも大学３年生で、ダンジョン飯配信は２年目になるんだって。

「遠慮せずにもっと食べてください。ほら、ライムスくんの分もありますよ」

そして金髪の青年がケンジくん、25歳。意外なことにこのパーティのリーダーはケンジくんだった。

『きゅぴっ、きゅるぴぃ〜〜っ！』

あんなにたくさんのゴミを食べて、ミニ・ワーウルも食べたのに、ライムスはまだまだ余裕があるみたい。かくいう私もおにぎり2つだけじゃちょっと足りなくて、こうやってお肉をお裾分けしてもらえるのはありがたい。

ギルさんが程よく焼けたお肉と、ピーマンや玉ねぎや椎茸を盛り付けてくれた。

恥ずかしながら、見てるだけでヨダレが出ちゃいそうだよ。

「調味料は塩に胡椒にタレにとなんでも用意してあるから、好みに合わせて使ってくれて構わないぞ。ケンジも言っていたが遠慮はいらん。みんなの休憩スペースをきれいにしてくれたお礼だからな！」

「みんなで掃除を頑張ったんだから、ご褒美はみんなで食べないとねっ」

そう言ってミレイちゃんがニッコリと笑った。

「私も、頑張った……。私も、いっぱい食べる！」

そしてこれまた意外なことに、一番の大食いはユーリちゃんだった。

私たちは雑談を交えながら、美味しいお肉や野菜を食べた。お肉は柔らかくて、噛めば噛むほど旨味が口の中に広がっていった。ピーマンと玉ねぎは焼き加減が完璧で、シャキシャキの食感が楽しい。椎茸には塩を振って食べた。

とても肉厚でジューシーで、私はあっという間に平らげてしまったよ。

しばらくすると、ギルさんとケンジくんはお酒も入ってきて、腕立て伏せや腹筋で勝負を始

めた。見た目は細いケンジくんだけど、一生懸命に食いつく姿が必死で、ついつい応援したくなる。結局はギルさんが勝ったんだけどね。

「いやあ、まさかこんなに素敵な出会いがあるなんて思いませんでした。とても楽しかったです」

私たちはお互いに連絡先を交換した。そして、また一緒にダンジョン飯をしようねと約束して、解散したのだった。

「ライムス、ダンジョン飯って最高だね！」

『きゅるぅ～～！』

「またやりたいって？　そうだね、私もそう思うよ」

初めてのダンジョン飯だったけれど、こんなに幸せな気分になるなんて思わなかったよ。美味しいダンジョン飯のためにも、もっともっとゴミ掃除を頑張らなくちゃね。

ギルさんたちと別れたあと、私とライムスはゴミ拾いを再開した。ライムスにお腹の具合を聞いたら『まだまだ食べられるよ』とアピールしてきたので、第2ラウンド開始だ。

「よぉーし。いくよっ、ライムス！」

『きゅぴぴぃ～～っ！』

「ふうっ、今日はここまでだね」

時刻は既に16時を回っていた。

ライムスのお腹はまだ大丈夫だった。けれど、私のほうに限界が来た。

「Fランクモンスターといっても、やっぱり侮れないよ」

体力回復ポーションは5本も持ってきた。なのに私はその全部を空にしてしまった。

「戦い方が下手なのかなぁ？」

『きゅるるぅっ！』

「そんなことないよって？　ふふ、失敗してもそうやって慰めてくれるのはライムスだけだよ。これが岡田さんだったら――」

……って、ダメダメ！　せっかくの休みなんだから！　休みの日は仕事のことは忘れる。これは私が決めたルールだよ。ルールは絶対だから、ちゃんと守らないとね。

「さてと。そろそろ帰ろっか、ライムス」

『きゅぴっ！』


電車を降りた私たちは、その足で駅構内に併設されているダンジョンショップに向かった。

ダンジョンショップではいろいろなことができるよ。装備品を買ったり回復アイテムを買ったりはもちろん、モンスターからドロップしたアイテムを売ることもできる。

他にも、特定のドロップアイテムと武器を預けておくと、より強力な武器を作ってくれたりもするんだって。便利だね～。

「すみません、ドロップ品を売りたいのですが」

丸眼鏡の店員に声をかける。彼は「こちらです」と短く言うと、てくてくと歩き出す。もしかしてついて来いってことかな？　私たちは男性店員の後を追った。すると試着室みたいな場所が見えてきた。

「ドロップ品の売却はこちらで行ってください。中のマシンが自動で査定してくれますから、初めての方でも難しくはないはずです。では」

「あ、どうもありがとうございます」

中に入ると無人レジが佇《たたず》んでいた。私は適当にタッチスクリーンをタップする。

――探索者の皆さん、こんにちは。アイテムの査定を開始します。査定したいアイテムを、台の上に置いてください。

私はリュックサックの中からドロップ品を取り出した。

今日私が倒せたのは、スライムが４匹、ゴブリンが３匹、ミニ・ワーウルが１匹。そしてドロップしたアイテムはスライムのゼリーが一つと、ゴブリンの腰巻が一つ。たかがFランクのアイテムだけど、そのまま持っていても使い道はないし、少しでもお金になるのなら売ったほうがお得だよね。

私は2つのアイテムを台の上に置いた。すると赤い光の線が右から左に流れていった。

このレーザーでスキャンしてアイテムを識別してるみたいだね。

——スライムのゼリーが一つ、ゴブリンの腰巻が一つ。合わせて50円になります。

「たったの50円か～。ま、現実ってそんなもんだよね」

結構苦労したけれど、体力回復ポーション1本分にも満たないのは地味にショックだね。まぁ、お金のためにお掃除してるわけじゃないからいいケド。

出てきたレシートには、スライムのゼリーが20円、ゴブリンの腰巻が30円と書いてあった。

私はレシートを財布に仕舞い、スマホを確認した。時刻はまだ16時20分。晩ご飯までまだ余裕があるね。

「ちょっとショップ見てみようかな～。他にどんなモノが売られてるのか見てみたいし。もしかしたらライムスにピッタリの装備品が見つかっちゃうかも？」

探索者には職業というものがある。

例えばアマカケのパーティ【天翔ける天光《スカイライト》】だと、アマカケが剣士で、他のメンバーはタンクとヒーラーがいるよ。そして、職業の中にはテイマーというのもあって、テイマーはモンスターを使役して戦わせるのが得意なんだ。当然だけど、使役モンスターも装備品次第ではステータスがぐんと伸びたりもするよ。

ちなみに私は探索者としては無職だね。

探索者として職業に就くためには探索者協会の試練を受けなくちゃいけないんだけど、試練を受けるためには探索者としてのレベルが10以上ないと受けられない。

私はまだまだ駆け出しだから、探索者としては無職だよ。今は私とライムスの生活費を稼ぐので精いっぱいだけど、いつかはテイマーになりたいなぁ……とか、そんなことは漠然と考えてるんだけどね。

まぁ、所詮は夢物語だけど。なにごともお金を稼げなかったら始まらないしね。

『きゅぴぃ～！』

ライムスも装備品が気になるみたい。ライムスはスライムだから、スライム族のコーナーに行けば、なにかいいものが見つかるかもしれない……お金が足りるかはまた別の問題だけど。

財布の中身を覗き込んで、思わず苦笑してしまった。

するとなにかを察したのか、ライムスがぷるぷると小刻みに揺れ始めた。

「えっ、どうしたの？」

『きゅっ、ぅうっ、ぅぷっ……』

「えっ、え？　ライムス、大丈夫!?」

こんなライムス、今まで見たことがない。ライムスは苦しそうに嘔吐いて、目尻には涙を浮かべている。そして、ライムスの口からすぽーんっ！　となにかが吐き出された。

「え、なにこれ……」

『きゅぅっ、きゅるっぴぃ〜〜！』

「なになに？　査定してみてって？」

『きゅぴぴぃ〜〜っ！』

私はライムスが吐き出したアイテムを台の上にのせて査定した。すると。

——ミニ・ワーウルの牙が３つ、ミニ・ワーウルの爪が３つ、ミニ・ワーウルの毛皮が３つ、ミニ・ワーウルの核が３つ。合わせて12万２７０円になります。

合わせて12万２７０円。その言葉を聞いて、私は開いた口が塞がらない思いだった。

「じゅ、じゅ、12万円!?　どど、どーゆーコト!?」

そしてレシートを見てみると、そこにはこう書かれてあった。

ミニ・ワーウルの牙（Ｆランク）×３……30円×３＝90円

ミニ・ワーウルの爪（Ｆランク）×３……30円×３＝90円
ミニ・ワーウルの毛皮（Ｆランク）×３……３０円×３＝90円
ミニ・ワーウルの核（Ａランク）×３……４０００円×３＝１２０００円

『きゅるるぅ～～っ！』

「え？　ミニ・ワーウルからドロップするアイテムは食べれなかったの？」

こうして私は、また一つライムスのことを知ったのだった。

ライムスはいまがもっとも食べ盛り。そしてライムスは、捕食したモンスターの美味しいところしか食べたくないみたいだね。

「ふふっ」

そんな食わず嫌いなところも子供みたいでかわいらしいね。そう思うと、自然と笑みが零れてしまった。

スライム族のコーナーにやってきた。スライム族の装備品は、ヘルメットの形状をしたものが多いね。側頭部分に棘《とげ》が付いたものや、頭頂部分に剣が付いたもの。噴水機や火炎放射器、エンジンや動翼が付いたもの。

どの装備品にもスライムの攻撃力や防御力を上げたり、動作を補助する機能が付いている。

『きゅぴぃい〜〜っ!!』

ライムスは頭頂部分に剣が付いた装備が気に入ったみたいで、目を輝かせて眺めていた。

「ライムスはそれが好きなのかな？」

『きゅぅ〜〜』

ライムスがぷるぷるぷると弾んで、嬉しそうにこちらを見上げてくる。

私は装備品のタグを手に取って。そして驚愕した。

「ひぅっっ、さ、３００万円……っ!?」

『きゅるぴぃ？』

うっ、ライムスの純真無垢な瞳が痛い。私は胸の痛みに耐えながら、タグを元の場所に戻した。

「ごめんねライムス。今はまだ買えないや……」

『きゅ〜？』

私がタグを戻すと、ライムスが少しだけ悲しそうな顔になった……気がする。勘違いだったらそれでいいんだけど、もしあの装備が欲しかったのなら、ちょっと悔しいな。

ライムスには不自由させたくないし。もっともっと仕事頑張んないとだな〜。

その後もいろいろな商品を見たけれど、ライムスはどれにも興味を持たなかった。やっぱり、あの頭に剣がついたヤツがお気に入りみたいだね。いつの日か買ってあげられるといいな。

そんなことを思いながら、私は明日の分のポーションを購入して、店を後にした。

「はいライムス。今日の夜ご飯はカレーライスだよっ！」

『きゅぴぴっ！　きゅぴぴぴぃ～～っ!!』

「あははは っ、そこまで喜んでくれるだなんて思わなかったよ！　そんなにカレーが食べたい気分だったの？」

『きゅいきゅぴぃっ!!』

「そっかそっか。ライムスが喜んでくれて私も嬉しいよ。じゃあいくよ？　せーの、いただきますっ！」

『きゅぴぃ～～！』


翌朝。

息苦しさと冷たさを感じて目を覚ますと、やっぱりライムスが私の顔の上に乗っかっていた。

「んぅ～～。ライムス、おはよう」

『きゅるぴ～！』

「うん？　早くご飯食べて早くダンジョンお掃除に行きたいって？　も～、ライムスってば朝からやる気満々だね？」

『きゅるるんっ‼』

「分かったよ、すぐに行くから待ってて」

私は布団を整えてからキッチンに直行して、昨日の余りのカレーを火にかけた。

「ライムス、お昼はクリームパンでいい？」

『きゅぴぴっ！』

「ん？　ピーナッツのほうがいいって？」

『きゅぅ！』

「分かったよ、それじゃあピーナッツパンにしようね」

『きゅるぅ〜〜』

朝食を終えた私たちは昨日と同じダンジョンにやってきた。

「今日もお掃除頑張ろうね、ライムス！」

『きゅるぅんっ！』

ま、今日の目的はお掃除だけじゃないんだけどね。昨日、ライムスが吐き出したミニ・ワーウルの核というアイテム。どのダンジョン配信でもあんなアイテムがドロップしてるのは見たことがない。それで寝る前にネットで調べてみたら、かなりレアなアイテムだということが分かった。

実際、レシートにはAランクと書かれていたし、ミニ・ワーウルの核がレアなのは間違いないと思う。問題は、それが3つもドロップしたということだよね。確率的にはゼロじゃないけれど、かなり低い確率なのは間違いない。たぶん、宝くじで高額当選するのと同じくらいの確率じゃないかな……分からないけど。

昨日のドロップがまぐれだったのかどうか。今日はそれを確かめるのも目的の一つだよ。

ダンジョンを進むこと約5分。早速ゴブリンのお出ましだ。

『グルルル、グブゥッ!!』

『ギャワーーッ!』

『ゴブゴブゥッ!』

『ギギギギギィ!!』

「ライムス、そっちの2匹は任せたよ!」

昨日の戦闘で分かったけど、ライムスはミニ・ワーウル3匹を相手取っても戦える強さがある。たぶん、今の私よりかは強いんだと思う。

だから私は、今日はライムスにも戦闘を任せると決めていた。

『きゅるるぅっ!!』

ライムスはやる気満々で、元気いっぱいに飛び跳ねていた。

出現したゴブリンの数は4体。群れで動いているみたいだね。

私とライムスは二手に分かれて、ゴブリンを2体ずつ引き付けた。

『ゴブァーーーッ!!』

『グギェエエエッ!!』

ガキィンッ！

「……っっ!!」

ゴブリンは背は低いけど腕の筋肉が発達している。だから攻撃の威力はFランクモンスターの中でもトップクラス。でも背が低いから、武器を振り下ろせる私のほうが有利だね。

昨日戦った時と同じように、木のこん棒と鉄の棒が衝突する。そして、ゴブリンのこん棒が明後日の方向に吹き飛んでいった。

「今だ、くらえっ！」

『ゴギャ!?』

鉄の棒がゴブリンの脇腹にヒットした。ゴブリンは涎を飛ばしながら、苦しそうにその場に蹲る。本当なら追撃を仕掛けたいところだけど……。

『ギリギリリィ……ッ!!』

うう、すごい剣幕だ。仲間がやられて怒ってるのかな？

「でも負けないよっ、攻撃の強さはこっちに分があるからね！」

探索者としては初心者だけど、ダンジョン配信はいっぱい見てきたんだ。

ゴブリンの弱点なんて丸分かりだよ！

「はあっ！」

『グゲェッ⁉』

私は渾身の力で鉄の棒を振り下ろした。そして2匹目のゴブリンもこん棒を失った。

ゴブリンの攻撃が強いのはこん棒のお陰だよ。逆に言えば、こん棒を失ったゴブリンは恐るるに足らないってことでもあるね。

「これでよし。ここからはずっと私のターンだよ！」

『ギャ、ギャワァーーーッ⁉』

『ギィイイイッッ！！！』

「ふう。ちょっとコツを掴んだかな？」

こん棒を失ったゴブリンはそれでも激しい抵抗を見せた。お陰でポーションを一本使っちゃったけれど、戦い方は昨日より上達したと思う。

私はゴブリンが落としたドロップ品を拾って、ビニール袋の中に入れた。と、その時。

ぱぱぱーん！

いきなり頭の中にファンファーレの音が鳴り響いた。そしてその後で、女性の機械音声が喋りかけてきた。

――おめでとうございます。個体名・天海最中のレベルがアップしました。

その声を聞いた途端、私はピンときた。

「そっか、これが『世界の声』ってヤツだね？　うわぁ～、初めて聞いちゃったよ！　なんだか感動しちゃうね～」

探索者はレベルが上がると頭の中に声が聞こえるという。そしてその声はいつしか『世界の声』と呼ばれるようになったらしい。

こうして私は、生まれて初めてのレベルアップを果たしたのだった。

◇◆◇◆◇

「それでは登場して頂きましょう。本日のゲスト、いま〝英雄〟と話題の探索者、伊藤真一さんでぇーすっ!!」

ぁ、ぁぁあ、ぁぁぁあああああああっっ!!

やらかした！　完っ全にやらかした‼　まさかあんな軽はずみな言動がここまで大事になるだなんて。ちくしょう。こんなことになるだなんて思いもしなかった！

「さ、どうぞ」

「あっ、ハイ」

俺は番組スタッフに促されて登壇した。目の前には、見たこともない数の人、人、人。そしてたくさんの番組スタッフにカメラに、さらには、テレビの中でしか見たことのない有名人……。

「あ、ど、ドーモ。伊藤でーす」

途端に響き渡る黄色い歓声。そしてこれまでに向けられたことのないキラキラとした目線。

俺は超有名司会者、松尾・ビッグバンの隣に立つと。

「いやぁ、こうやって直に見るとホントにイケメンじゃないのアンタ！　背も高いし筋肉もねぇ、ワァすごい、カッチカチじゃない！」

「あ、ははは。なんだか照れますね」

ぬ、ぬわぁあああああああっ‼

あの松尾・ビッグバンが俺に、俺に、俺に触ったぁぁぁあああああああッ！！！！

「いやー、この筋肉なら納得よ。そりゃ初潜り《シーク》でイレギュラーもブッ倒しちゃうわよ！　ほら、触ってごらん本橋ちゃん？」

な、な、なにィーーーーッ!!　あの本橋アンナが俺の筋肉に触るだと!?

そんなえっっっなことがあっていいのか！？？？

本橋アンナは１０００年に一人の美少女と呼ばれるアイドルだ。当然、見た目は超絶にかわいい。まぁ、美奈ちゃんほどじゃないがな。それでもかなりのハイレベル美少女だ。プロポーションも抜群で声もかわいいし、歌もダンスも完ぺきに熟す。まさにいまをときめく大スター！

そんなアンナちゃんが俺の筋肉に触れて……。あっっ――。

「わぁ、すごぉ～い。ホントにカチカチィ～、惚れちゃいそぉ～～」

……ヤバい。罪悪感が半端ない。でも、もう後戻りなんてできっこねぇ。だって俺、もう美奈ちゃんと付き合っちゃったんだもんっっ！！！！

どうしてこんなことになってしまったのか。生放送のテレビ番組に出演する傍らで、俺は過去の出来事を思い出していた。


時は遡《さかのぼ》り1カ月前。

病室のベッドで目を覚ました俺に、レンタルカメラマンの佐々木が泣きついてきた。

「うぉぁぁあああああっ!!　伊藤ザン、伊藤ざんんんッ！！！！」

「うぉわあっ！　オイオイ、勘弁してくれよ佐々木。男に抱きつかれる趣味はねェぞ!?」

どうやら俺は3日近くも寝込んでいたらしい。

そして俺が目覚めると、次から次へと見知らぬ顔の人間がやって来て。

「伊藤さんのお陰で命が助かりましたっ、本当にありがとうございます!!」

などと言うのだった。

最初のほうはなにがなんだか分からなかった。だって目覚めたばかりだというのにいきなりお礼を言われたってなぁ。初日なんて、なんで病院にいるのかすら曖昧《あいまい》だったくらいだ。

でも俺は、少しずつではあるものの、いろいろなことを思い出してきたんだ。

美奈ちゃんにアピールするためにダンジョン配信を始めたこと。最初のほうは絶好調だったこと。でも、イレギュラーが現れたこと。

そして、佐々木を逃がすために、イレギュラーに立ち向かったこと。

「そうか。あれから、俺は気を失って……」

「伊藤さん、僕感動しました！　まさか初潜り《シーク》でイレギュラーを倒せる人間がいるだなんて、想像もしませんでしたよ！」

「……なんて？」

話を聞くうちに状況が呑めてきた。

まず、俺にお礼を言ってきた見覚えのない顔。あいつらは、俺と同じダンジョンに潜っていた探索者らしい。そして、イレギュラーに遭遇して死を覚悟したとも言っていた。

しかしどういうワケか、佐々木が妙な勘違いを起こし——そして俺は、彼らの中で〝イレギュラーを討伐した英雄〟になった。

はじめ、俺は否定しようとしたんだ。違う、俺はイレギュラーを倒してなんかいない。イレギュラーを倒したのはスライムだ。正直に話そうと思った。

でも、その時になって気付いたんだ。あのイレギュラーはどう考えてもDランク以上の強さはあった。そんなモンスターをスライムが倒せるわけがない。本当のことを話しても無駄だ。むしろ異常者扱いされる可能性すらある。そう思うと、本当のことを話す気にはなれなかった。

いや、それは言い訳でしかねぇな。本音は……心の奥深くでは、こう思ったんだ。

このまま勘違いさせておいたほうがお得なんじゃないか？　ってな。

俺が命懸けで佐々木や他の探索者を助けたのは事実だ。俺は己の身を犠牲に、多くの人を救おうとした。だったら、少しくらい良い思いをしたっていいだろ。ちょっとくらいご褒美があったっていいだろ。

——そんなふうに心の中の悪魔が誘惑してきて、俺はそれに負けちまった。

手厚い看護と投薬治療、そして体力回復ポーションの差し入れもあって、俺は一週間後には退院できた。そして大学に行くと。

「いよっ！　英雄〝伊藤様〟のお出ましだ!!」

友人たちが、俺のことを快く迎え入れてくれた。正直、スゲー気持ち良かったよ。まるで本当に英雄になった気分でさ。それで俺は、本当のことを隠しちまった。

みんなが勘違いを起こしてる。だったらそれが本当ってことでいいじゃねーか、ってな。

「なぁ、イレギュラーを倒したヤツ、もう一回やってくれよ！」

「ああいいぜ。俺はな、ヤツがこん棒を振り上げた一瞬のうちに幾筋もの斬撃を浴びせ、腕を切り落とし、ガラ空きの胴体に刺突《しとつ》をブチかましてやったんだ。こんなふうに、なァっ!!」

「うおお、カッケェーーッ!!」

こんなふうにして、俺は嘘に嘘を重ねていった。

そしてその日、俺は美奈ちゃんに呼び出されて。

「伊藤くん、ニュース見たよ！　それでさ、もし勘違いだったらゴメンなんだけど、もしかして伊藤くん、私のために探索者を目指したの？」

「えっ、いや、それは……」

ここが最後のチャンスだった。ここで本当のことを言えば、今ならまだ冗談にできる。

でも、俺の口から突いて出たのは自分でも想像してない言葉だった。

「ああ、そうだよ。君と付き合いたくて……だから俺は、強くなったんだ」

すると、美奈ちゃんは俺に抱きついてきた。

「私のせいで怖い思いさせてごめんね！　でも嬉しい！　私のためにここまでしてくれる人、今までいなかったもん。ありがとう、伊藤くん。私、伊藤くんのこと大好きになったよ。だから——」

この時、俺は確信した。きっと俺は、この光景を一生忘れることはできないんだろうな、と。

美奈ちゃんは両手を差し出して、いまにも泣きだしそうな目で俺のことを見た。

「私を彼女にしてくださいっ！」

俺の答えがイエスだったのは言うまでもないだろう。

こうして俺は後戻りができなくなってしまった。そしてあっという間に話は膨れ上がり、英雄譚は光の速さで広がっていく。その結果、いまに至るというワケだ。我ながらバカだと思う。

もう本当のことは話せない。実は嘘だった——それがバレたら、俺の人生は終わるだろう。

俺は多くのスターと言葉を交えながら、少しずつ覚悟を決めていった。

この嘘だけは、死んだって貫き通してやる……！

◇◆◇◆◇

初めてのレベルアップで勢いづいた私は、その調子でドンドンと森の中を進んでいった。

ライムスと協力してスライムを倒して、ゴブリンも倒したよ。

もちろん、ゴミ掃除だって忘れない。ライムスのお陰でダンジョンがきれいになっていって、ゴミが減っていくのを見ると、心がすーっと晴れていくのを感じた。

お昼休憩は1時間。私は昨日の反省を活かしておにぎりを3つも作ってきた。具材は鮭と梅と昆布にしたよ。ライムスはピーナッツパンを頬張っていた。今日のライムスは昨日よりも必死にパンを食べていて、その姿がハムスターみたいでかわいい。

「そんなに必死にならなくてもパンは逃げないよ？」

『ぴきゅいっ！　きゅぃぃ！』

「ん、なになに？　1個でこんなに美味しいから、いっぱい食べて美味しさを倍にするんだって？　ふふ、なにそれ～。ライムスってばヘンなの～」

『きゅいきゅいっ！』

「あはは、ごめんごめん。そうだね、ライムスはヘンじゃないよね」

お昼を食べたあとは、30分のお昼寝タイム。

ライムスは昨日と同じく私のお腹に乗ってきて、ナデナデを要求してきた。

「はいはい、いい子いい子」

『きゅぅ〜〜……』

ライムスが寝付いたのを確認して、私も目を閉じる。

降り注ぐ陽光と頬を撫でる風が気持ちいいね。この休憩所はお昼寝にぴったりだよ。

それから30分が経過して、私はアラームの音で目を覚ました。

『きゅるっ、きゅぴぃっ！』

「ふわあ。おはよ〜、ライムス」

お昼休憩が終わった私たちは引き続き探索を続けて。

そしてこの日、私は2度目のレベルアップを経験した。

ぱぱぱーん！　例のファンファーレが鳴り響き、またもや世界の声を聞いた。

「やった、またレベルアップしたよっ！」

『きゅぴきゅぃ〜〜！』

私の嬉しい気持ちが伝わって、ライムスもぷるぷると喜んでくれた。

レベルが上がったタイミングでスマホを確認すると、時刻は15時を回っていた。

「もう少し頑張れるけど……」

でも、明日は仕事なんだよねぇ。

「ちょっと早いけど、今日はここまでにしよっか」

『きゅぴぴっ！』

ライムスはキッと目を吊り上げて、シュバシュバと攻撃を繰り出す動作をした。

これは体当たり攻撃の再現。

『まだまだ戦えるよ！』

ライムスはそう言ってるみたい。

「気持ちは嬉しいけど、頑張りすぎるのも毒だからね。今日は早めに帰って、ん〜、そうだな。たまには温泉にでも行こっか！」

『きゅぴぴぃ〜っ！』

ライムスはその場でくるくると回転してみせた。これは喜びの舞だね。一番嬉しいことがあると見せてくれる仕草だよ。


昨日と同じく、駅構内のダンジョンショップにやって来た。

今日の収穫はゴブリンのこん棒が一つと、スライムのゼリーが2つ。昨日よりかは成果が上がったのかな？　たぶん、ゴブリンの腰巻よりこん棒のほうが価値は上だと思うな。

まぁ、どんぐりの背比べなんだろうけどね。

――スライムのゼリーが一つ、ゴブリンのこん棒が一つ。合わせて70円になります。

「70円……昨日と20円しか違わないんだね」

レシートを見てみると、ゴブリンのこん棒が50円と書いてあった。やっぱりゴブリンのこん棒は腰巻よりは価値があったみたいだね。

さてと。本題はここからだよ。今日のライムスはスライムとゴブリンを捕食している。スライムが3匹、ゴブリンが2匹。ライムスは美味しくないところは食べないから、昨日みたいに吐き出してもらったら、ドロップ品が出てくるはずだよ。もしその中にモンスターの核があったら……。私は疑惑を解消するために、ライムスを抱っこして、聞いてみた。

「ねーえ、ライムス。昨日みたいに、モンスターの余りの部分を出すことってできる？」

『きゅるうっ！』

するとライムスは私から飛び降りて、それから、ぷるぷると小刻みに揺れ出した。

『くゅ、ぅぅ、きゅぷっ』

ライムスは昨日と同じく、すぽーんっ！　とアイテムを吐き出した。そしてその中には、5つの宝玉があった。ビー玉にそっくりなこのアイテムがモンスターの核だよ。

「わぁ……。やっぱりそうなんだ。まぐれじゃなかったってことだよね？」

だって5つだよ？　モンスターの核が同時に5つ。こんなの普通じゃ考えられないよ。私は査定台に丸玉を５つ乗せた。すると査定が始まり、結果は……。

スライムの核（Ａランク）×３……４００００円×３＝１２００００円
ゴブリンの核（Ａランク）×２……４００００円×２＝８００００円

――スライムの核が３つ。ゴブリンの核が２つ。合わせて20万円になります。

「に、20万円……。たったの２日で１カ月分のお給料超えちゃったよ……」

私は、気付いたらライムスを抱き上げていた。そして、いっぱいいっぱい頬ずりをした。

「ライムスってばすごい！」

『きゅぴいっ！』

私が褒めてあげると、ライムスは偉そうな顔をしたよ。これは『当然でしょ！』って言ってるね。

「今日はレベルも上がったし、これはお祝いしなきゃだね！」

その日の夜は温泉宿にやってきたよ。

明日は仕事だから仕方なく職場近くの場所を選んだけど……。

「もし会社の人がいても知らんぷりしよっと」

せっかくライムスと2人で温泉に来たんだし、邪魔されたくはないからね。

ちなみに、この温泉はテイマーの湯っていう場所があるよ。私はテイマーじゃないけど、ライムスがいるからテイマーの湯に入るよ。

「それにしても1泊1万5000円っていうのはビックリしたなぁ」

いつもなら泊まるかどうか候補にも上がらないね。でも今日は特別な日。

初めてレベルアップしたんだから、そんな日くらいは美味しいご飯が食べたいもの。

それに、ライムスのお陰でお金にも余裕を持てるからね。

『きゅぴぃ～～っ！』

「そんなに急かさなくても温泉は逃げないよ。ライムスはせっかちさんだね？」

『ぴきぃっ！』

「うんうん、分かったよ。私もちょっと疲れちゃったからね」

私は着替えを入れた袋を肩にかけて、ライムスを抱えながらテイマーの湯に向かった。

「ふわぁ～、温かいねぇ～」

『きゅぃ～～』

ライムスは溶けたみたいに平べったくなって、お湯の上をゆたゆたと漂っていた。

ふふ、ライムスってばあんなに気持ち良さそうにしちゃって。見てるこっちが癒されちゃうよ。

「ライムス、こっちおいで」

『きゅう?』

ライムスは平べったくなったまま、ゆらぁ~とこちらへ泳いできた。私はライムスを掬い上げて、優しく抱きしめる。

「ライムス、私のためにお掃除頑張ってくれてありがとうね。温泉に来られたのも、ライムスのお陰なんだよ?」

『きゅい~~』

「ふふっ、ライムスは本当にいい子だね」

こうやってゆっくりと温泉に浸かるのはいつぶりだろう? ここ1年、ずっと仕事に追われてばかりで。生きるためとはいえ、ライムスとの時間も随分《ずいぶん》と少なくなっちゃったよね。

寂しい想いも、たくさんさせたんだろうなぁ……。

「ライムス、これからもお掃除頑張ろうね。いっぱいきれいにして、いっぱいモンスター倒して。それで貯金もしてさ。そしたら、ライムスとの時間もいっぱい作れるから」

『きゅぴ? きゅいきゅぃ~~っ!』

「……! ふふっ、ライムスったらそんなこと言っちゃって。この女たらしめ~」

『ぴきぃ～～』

やっぱりかわいいなぁ、ライムスは。ありがとう、ライムス。これからも私の家族でいてね。

私も、ライムスのことが大好きだよ！

2章　モナカと魔物使いの試練編

お風呂を上がったあと、私とライムスは大食堂にやってきた。

私は券売機で天ぷら蕎麦《そば》と生ビールを買ったよ。

「ライムスはどれにする？」

私はライムスにメニューの写真を見せて、指を差していった。

私がソフトクリームを指差すと、ライムスはそこできゅぴっと鳴いたよ。

分かってはいたけど、やっぱり甘いのが食べたいみたいだねぇ。

「ライムスの分はこのアイスクリームにするね？」

『ぴきーっ！』

「それじゃ、いただきまーすっ」

『ぴぃ～！』

まずはそのままの蕎麦を一口。

んまぁ～～い！

なにを隠そう、蕎麦は私の大好物なんだよね～。このつるつるとした食感と噛み応え、そして程よい麺の細さ。麺に絡みつく汁も絶妙で堪らないね。蕎麦って本当に無駄がなくて完璧だよね。食べ物版の黄金比って言うのかな？　よく分からないケド。

次は海老天とネギも一緒に。

「はふはふ」

きゃーーー！　ザクザクとシャキシャキが共存して病みつきになっちゃいそうだよ！

「やっぱりライムスと一緒に食べると美味しいね！」

『きゅいきゅい！』

「あーっ！　ライムスったら、お口にアイスがついてるよ？　こっちおいで、拭いてあげる」

『きゅるんっ！』

ハンカチで口元を拭いてあげると、ライムスがくすぐったそうに目を細める。

そんな仕草がかわいらしくて、私はついついイジワルしたくなっちゃう。

「それっ、こちょこちょ～」

『きゅいっ、きゅぴぴぃ～！』

あー、幸せだなぁ。こうやってライムスと一緒にいられるだけで、こんなにも幸せだ。お陰で明日からも頑張れそう。私に元気をくれてありがとうね、ライムス。

翌朝。

「それじゃ行ってくるからね。いい子にしてるんだよ？」

「きゅいっ！」

この温泉宿にはモンスターを預けておける場所があるよ。私はライムスを預けて、職員さんに頭を下げた。

「もう食券は買ってあるので、お昼はこれを食べさせてあげてください」

「畏《かしこ》まりました。責任をもって預からせていただきます」

「はい、お願いします！」

◇◆◇◆◇

よーし、今日も頑張ろう！

私はライムスからもらった元気を糧《かて》に、一生懸命に仕事に打ち込んだ。

「おい天海。これ昼までに片付けとけ」

「あっ、ハイ。分かりました」

「いいか、昼までだからな。昼までに終わってなかったらド突き回したるから覚悟しろよ？」

「は、ハイ！　頑張りますぅっ！」

私は岡田さんに言われたとおり、昼までに書類を片付けた。

それを報告すると、岡田さんから意外な言葉が飛んできた。

「なら今日はもう上がっていいぞ」

「へ？　でも、まだ12時前ですよ？」

「んなこと分かってるよ。でも、お前宛てにコイツが届いててな」

私は岡田さんから手渡された書類を読み上げてみた。

「えーと？　東区の河川敷に出現したF難度ダンジョン、指定番号411ホールについて、イレギュラー調査の協力依頼……って、なんですかコレ？」

「知るか。とにかく、その書類はお前に宛てられたものだ。15時までに探索者協会東支部まで来いってお達しだから、サボらずに行けよ」

なんだかよく分からないけど、行ってみるしかなさそうだね。

「分かりました。それじゃ今日はお先に失礼しますね」

「おうよ。明日からまた残業だから覚悟しとけよ～」

「あ、ハイ。ふへへ……」

そりゃそーなるよねぇ。でも今日はラッキーってことで、早上がりさせてもーらおっと。

私はオフィスに戻って、隣席の須藤さんに挨拶してから、会社をあとにした。

◇◆◇◆◇

私は会社から一本先の駅で降りて、探索者協会東支部までやってきた。

「あの、すみません。天海という者なのですが」

受付カウンターで声をかけると、黒スーツの女性が対応してくれた。

「天海さんですね？　ご用件はなんでしょう？」

「あの、私宛てにこんな書類が来てまして」

「イレギュラー調査の協力依頼ですか。少々お待ちください」

受付のお姉さんに促されて、ソファに腰を降ろした。

それからわずか数分で、一人の男性がこちらへやってきた。背が高くて筋肉でスーツもパッパツ。金色の髪をオールバックにしたその人はニコニコと笑みを浮かべていた。

「天海さんですね？　わたくし、こういう者です」

「どうも初めまして。天海最中と申します」

名刺を受け取ると、そこには土門一郎とあった。

土門さん……。うーん、どこかで聞いたような？　ダメだね、全然思い出せないや。

「本日お越しいただいたのは、そちらの書類にあるとおりでして。例のダンジョンの参加者名簿を調べたところ天海さんの名前もありましてね？　既にイレギュラーの討伐者は分かっているんですが、一応お話を伺っておいた方がよいかと判断しまして」

「はぁ……」

「ま、そんなに緊張しないでください。いくつか質問して、それに答えてもらうだけですから。念のため天海さんとの会話を書類に起こさせていただきますが、よろしいですか？」

「あ、ハイ。それは大丈夫です」

うう、なんだか刑事ドラマとかで見る取り調べみたいだね。緊張しないでくださいって言われても難しいよ。

「えー、ではお話を聞いていくんですけども。天海さんは先週の土曜日、指定番号４１１ホールを潜り、Ｆ難度ダンジョンに挑戦した。これは間違いないですね？　ちなみに指定番号４１１ホールというのはコレですね」

土門さんが１枚の写真を差し出してきた。

うん、確かに間違いない。自宅近くの川辺と、そこに出現したホール。先週、私とライムスが挑んだダンジョンだよ。

「はい、間違いないです」

私が肯定すると、受付のお姉さんがバインダー片手にペンを走らせていた。お姉さんは私の視線に気付くと、ニコッと微笑んだ。お陰で、ちょっとだけ緊張が解れたような気がするよ。

「では次ですね。探索を開始してから、なにかおかしいなー？　と違和感を覚えたりはしませんでしたか？」

「違和感……？　それなら心当たりがあります」

すると土門さんは興味深そうに身を乗り出してきた。

「ほほう。それはどんな？」

「私が探索を開始してしばらく経った頃ですかね。ふと気付いたんですよ。そういえば他の探索者もモンスターも見てないな～って。それで、ペットのスライムにもおかしいね～って言って……」

「なるほど。おそらくその時にイレギュラーが出現していたのでしょう。ところで、ペットのスライムというのは、天海さんの名前の下に記載されていたライムスくんのことですね？」

「はい、そうです」

「で、他にはなにかおかしな点はありませんでしたか？」

「いいえ、特には。違和感と言えばそれくらいです。基本的にはゴミを掃除して歩いていただけですしね」

「……ゴミ掃除？」

「あ、ハイ。私がダンジョンに来たのは、ゴミを掃除するためだったので」

「へえ、それはまた変わってますねぇ。ま、人の活動にとやかく言うつもりはありませんが。それでは最後の質問です。天海さん、あのダンジョンでイレギュラーと遭遇しましたか？」

私は首を傾げた。だって質問の意味がよく分からないんだもん。

「あの、イレギュラーに遭遇《そうぐう》したら普通は死んでるんじゃないですかね？」

すると、土門さんは大口を開けて笑い出した。

「ははははっ！　言われてみればそうですね！　今回は勇敢な方が居合わせたが故の奇跡みたいなものですし、いやはや、実に無意味な質問をしてしまいましたな。今のは忘れてください」

ひとしきり笑い終えたあと、土門さんはゆっくりと立ち上がって、受付のお姉さんと頷きあった。

「天海さん、本日はありがとうございました。不審な点もないですし、これで調査は終了になります。せっかくですから、もしよろしければいろいろと見学していってください。探索者として活動するなら、有益な情報が得られると思いますよ。それに、探索者協会ではステータス測定もやってますしね」

ステータス測定かぁ。今の私がどれくらいの強さなのか、ちょっと気になってたんだよね。ちょうどレベルも上がったばかりだし、せっかくだから測ってみようかな。

フロア案内に従って10階までやってきたよ。エレベーターを降りて廊下を歩くと、右手側にステータス測定と書かれた表札が見えてきた。

部屋は結構な広さで、金属を探知するゲートみたいなのがいくつも並んでいた。

でも平日だからか、他の探索者は数えるくらいしかいないね。

入口近くには受付カウンターが3つあって、そこで手続きを済ませるみたいだね。

「すみません、ステータスの測定に来たのですが」

「測定ですね。探索者カードはお持ちですか？」

「いいえ、持ってません」

「では、こちらの書類に記入をお願いします」

私は書類に名前と住所と電話番号、それから勤務先の会社と会社の電話番号を記入した。

「ありがとうございます。それでは一番ゲートへどうぞ～」

言われた通り、「1」の表札が出てるゲートに向かう。ゲートの通過部分には足跡のマークがあって「ここで止まってください」と書いてある。

「これでいいのかな」

私は足跡マークの上に立った。するとゲートの上から赤いレーザーが照射されて、ゆっくりと下に降りてきた。ダンジョンショップでアイテムを売った時と似てるね。

なんだか査定されるアイテムの気分……。レーザーが私を通り過ぎると「お疲れさまでした」と機械音声が話しかけてきて、いきなりだったから、ちょっとビックリしちゃったよ。

それにしてもすごいね。たったこれだけでステータスを測れるんだ。

「すみません、ステータスの測定が終わったのですが」

「はい、お疲れさまでした。ではこちらのカードをお受け取りください。こちらはステータス・カードといいまして、天海様のステータスが記載されています。ステータスはレベルの上昇に伴って変化しますので、レベルの上がりやすい初心者の内は、定期的な更新を心がけてくださいね」

「分かりました、ありがとうございます」

「では、よい探索者ライフを」

これがステータス・カード。う〜、なんだかドキドキしちゃうなぁ。

ロビーに戻ってきた私は、ステータス・カードの裏面を眺めながら悶々《もんもん》としていた。

どうせ大したステータスじゃないってのは分かってるんだけどね。でも、ステータスっていうのは自分の能力が可視化されるっていうことだから、やっぱり緊張しちゃうよね。

まぁ、ウジウジしてたって数字が大きくなるわけでもないんだけど。

「……えいっ！」

私は意を決してステータス・カードをひっくり返した。

天海最中：Ｌｖ３　女　22歳
ＨＰ40
ＭＰ10
攻撃力10
防御力９
魔法攻撃力８
魔法防御力８
素早さ25
職業：なし

「ふ、普通だ……」

あまりにもＬｖ３のステータスすぎる。

いやまぁ、Ｌｖ３のステータスなんて今初めて見たんだけどね。

でも、こうやって自分の強さが数字になるのはモチベーションが湧いてくるな。

どこまで数値が伸びるか？　これからの楽しみが一つ増えたね。


温泉宿に戻ってライムスを迎えに行くと、ライムスがすごい大はしゃぎですっ飛んできた。

『きゅるぴーーーっ!!』

「わわっ!?　ライムス、すごい元気だね??」

『くゅう！　きゅーっ!!』

「え？　お友達ができたの？」

どうやらライムスは、他のモンスターと遊んでいたみたい。

職員さんはライムスのあとを追って、こちらへやってきた。

「いやぁ、ライムスくんは元気な子ですねぇ。すごく社交的な性格で、あっという間に他の子と仲良くなってましたよ」

『きゅるぃっ!!』

「へぇ〜、すごいねライムス！」

『きゅぴきゅぃ～！』

「ん？　ここにいる子はみんな友達だって？　そっかそっか。ライムスに友達ができて私も嬉しいよ～」

ゴブリンにミニ・ワーウル。ミニ・ゴレムにスライム。それからナイトにゴロゴロ岩。みんな紋章がついてるから、テイムされた子なんだね。

テイムされたモンスターはステータスも伸びるし、飼い主に対する愛情や忠誠心もよりいっそう深くなるって言われてるよ。

私もいつの日かテイマーになって、もっともっとライムスとの絆を強くしたいな。

「それじゃ帰ろっか、ライムス」

『ぴきゅぃーっ！』

「8時から14時……6時間のお預かりですので、６０００円になります」

「はい。ありがとうございました」

私は職員さんにペコリと一礼して、ライムスを抱きかかえて、帰路についた。

◇◆◇◆◇

「よぉーし、今日はレベルを上げるよっ！　ライムス、本当に危なくなった時以外は手助け無用だからね！」

『きゅいっ!!』

「それじゃ探索開始だ！」

今日のダンジョンは砂地が広がっていて、ホールを潜るとすぐにモンスターの姿が見えた。

『ゴブゴブ！　ゴブー！』

「今週はいつにも増して激務だったからね。悪いけど、ストレス発散させてもらうよ！　とりゃーーっ!!」

たった1日早上がりしただけなのに、そのあとの4日は地獄だったよ。なにかにつけて「月曜早上がりしたんだから」って嫌味を言われるんだ。ほんっと、岡田さんなんて大嫌い！

『ゴブーーーッ!!』

「やあっ!!」

ガキイン！

『ゴブッ!?』

「今だ、てやー！」

『ゴブギャ～～ッ!!』

私の攻撃を受けて、ゴブリンがぽふんっ！　と煙になった。

「やった、ゴブリン撃破！」

『きゅるぅ！』

「ふふっ、おめでとうなんて言ってくれるのライムスだけだよ！　さぁ、この調子でどんどん行くよ！」

『きゅぴぴぃ〜〜っ!!』

私はモンスターを見つけると、ボールを追いかける犬のように突撃していった。もちろんゴミ掃除も忘れずに同時並行だ。

「ってコレ、どこからどう見ても家庭ゴミだよね？」

そこには燃えるゴミ専用の色付きのゴミ袋が捨てられていた。

「どういうことだろう？　もしかして、ダンジョンをゴミ捨て場代わりにしてる人がいるってこと⁇」

もしもそんな人がいるなら、絶対に許せないんだけど！

『ぴぃっ、ぴきぃ！』

「あっ、ごめんごめん。今食べさせてあげるね。はい、あ〜〜ん」

『きゅいぃ〜〜！』

ライムスは燃えるゴミを丸呑みすると、嬉しそうにぷるぷると弾んだ。その姿があまりにも愛らしくて、あっという間に怒りがすっ飛んでしまう。

「もぉ～、どーしてライムスはそんなにかわいいのかな～？」

『きゅるぴぃ！』

「僕がライムスだから？　あははっ、それ100点満点の答えだよ！」

そんなふうに戯れあっていると、今度はゴブリン・ライダーが現れた。スライム族を捕まえて、その上に跨りながら戦うゴブリン。それがゴブリン・ライダーだよ。

ランクはFだけど、普通のゴブリンよりもスピードが高いのが特徴だね。

「よーし、キミも私の経験値にしてやる！　いくよっ！」

『ゴブピキィーーーッ!!』


「ふう。今日はここまでだね」

17時まで探索を続けて、私のレベルは2つ上がった。あと5つ上げれば試練を受けられるから、なんとか頑張りたいね！

と、その時。

私のスマホがぴこん！　と通知を受け取った。アプリを開くと、そこにはギルさんの名前が。

ギル「やぁ、この前は掃除を手伝ってくれてありがとう。明日、また前と同じメンツでダンジョン飯しようと思うんだが、よかったら最中さんも来ないか？」

「うわぁ、ギルさんからだ！　まさか本当に連絡くれるなんて思わなかったよ」
今まで「また遊ぼうね～」って口で約束しても、お互い忙しかったりして、なかなか約束を守れたことは少ない。だから、こうやって誘われるのはすごく嬉しいな。

モナカ「お誘いの連絡ありがとうございます。ぜひ、伺わせていただきます！」
ギル「オッケー！　詳しい場所や日時についてはあとでケンジから連絡いくはずだから、待っててくれ。それじゃ、明日会えるのを楽しみにしているよ」
モナカ「はい、私も楽しみにしてます！」

「ライムス、明日はダンジョン飯だよ！」
ダンジョン飯。その言葉を聞いて、ライムスは独楽《こま》みたいにくるくると回った。
ライムスがこんなにも嬉しそうにするものだから、つい私も嬉しくなってしまう。

ふふっ、明日が待ち遠しいね。

◇◆◇◆◇

翌日、早朝。息苦しさとぷるぷる感を感じて目を覚ますと、例のごとくライムスが私の顔の上に乗っかっていた。

『きゅるぃ!!』

「ふわあ。おはよ、ライムス」

『きゅぴぃっ!!』

「うん、分かったよ。すぐに朝ごはん準備するから、先に待ってて」

『ぴきゅっ！』

ライムスが去ったあとで、私は身を起こして、う〜んと伸びをした。それからいつものように布団を整えて、居間に向かった。

今日はトーストと目玉焼き、それからウィンナーと適当な野菜の盛り合わせを朝食にしたよ。たまにはこういうのも悪くないね。

ライムスにはクリームパンを食べさせたけど、目をうるうるさせながらウィンナーを見つめていたので半分分けてあげると、すごく喜んでいた。

「はぁ、美味しかったぁ。ごちそうさまでした～」

『きゅいー！』

「待ち合わせの時間は10時だから、まだ1時間くらいは暇があるね。ちょっとお散歩してから行こうか？」

『ぴゅぅ！』

あ、今のは過去一番で分かりやすいね。露骨に『行く！』って言ったもの。


待ち合わせ場所に指定されたのは、２駅先の大公園。

ギルさんたちと初めて出会ったのは噴水広場のホールだったけど、そこはもう攻略されて、ホールが消えちゃったみたいだね。

それで、今度は別の区画にホールが出現したから、そこで待ち合わせということになったよ。

私とライムスは散歩がてら駅まで歩いて、それから電車に乗って、公園までやって来た。

待ち合わせ場所に到着すると既にケンジくんが待っていた。

ケンジくんは私たちを見つけると、ぶんぶんと大きく手を振ってくれた。

「おはようございます」

「おはようございます。今日はお誘いいただきありがとうございます」

ケンジくんは前に出会った時と同様、部分鎧で身を覆っていた。

でも今日は金髪じゃなくて銀髪になっていた。

「ケンジくん、その髪は？」

「これですか？　ただのイメチェンですよ。どうです、似合ってます？」

自慢じゃないけれど、私はそんなに美的センスがあるほうじゃない。でもそんな私から見ても、ケンジくんはイケメンに分類されると思う。絵に描いたような優男系っていうのかな？

「うん、すごく似合ってると思いますよ」

素直に褒めると、ケンジくんは少し照れたように笑ってから、今度は私の服装を褒めてくれた。白シャツにジーンズとシンプルなものを選んできたけど、褒められると嬉しいね。

「最中さんもお似合いですよ。そうですね、もしよかったら今度2人でデートでも――」

え、え、えええ～～!?　ケンジくん、真面目そうな見た目なのにすごい積極的!?

「オイ、お前はタダでさえ面が良いんだから揶揄《からか》うんじゃない」

あたふたしていると、ちょうどギルさんたちも到着したみたい。ギルさんはべしっ！　とケンジくんの頭に手刀を繰り出す。

ギルさんは黒のＴシャツに迷彩柄のパンツ、そして黒のロングブーツという格好で、見るからにファイターって感じがするよ。

「別に揶揄ってなんかいませんよ。僕はそういう不誠実なことはしませんから」

「モナカちゃ〜ん、やほやほー。いやー、ウチのバカがごめんねぇ？　コイツ面の良さを鼻にかけてすーぐ調子乗るから。あとで躾とくねっ」

今日のミレイちゃんは赤髪をサイドに結いつけて、バッヂ付きのキャット帽を被っていた。服装は、オーバーサイズの黒パーカーで、肩の部分から胸部にかけて青色のラインが引かれている。首元にはヘッドホンをかけていて、全体的にサイバーパンク風だね。これがすっごく似合っていて、まるでモデルさんかと思っちゃったよ。

「モナカちゃん、おはよ……。ケンジはいっつもこんな感じ。あんま気にしなくていい……」

そしてユーリちゃんは前のミレイちゃんと瓜ふたつの恰好だったよ。

タンクトップにウィンドブレーカーのパンツ、そして上着を腰に巻き付けて、あとはミレイちゃんとお揃いのバッヂ付きキャップとヘッドホン。同じサイバーパンク風のファッションで顔もそっくりな双子ちゃんだけど、こうも印象が変わるんだねぇ。

「2人ともありがとう、でも大丈夫。むしろユーモアがあって面白いなぁ〜って思ったくらいだよ。見た目はこんなに真面目そうなのにね。これがギャップってやつなのかな？」

すると途端に大爆笑が巻き起こって、ケンジくんはガクリと肩を落とした。

「真面目……真面目系か。はは、まぁそうですよね。うん、自分が真面目系なのは僕が一番よく分かってますよ。丸眼鏡だし……」

アレ、なんか酷いこと言っちゃったかな？

私の不安を察してか、ギルさんが満面の笑顔で親指を立ててきた。

「ケンジは真面目って言われ続けてきたからな。それでチャラ男に憧れてるんだ」

「ああ、そういうことですか」

思わず、私も苦笑してしまった。


休憩スペースは、今日も賑わっていた。既にいい匂いが充満していて、そんなに激しい運動をしたわけでもないのにお腹が空いちゃう。

ここに来るまでに10匹近いモンスターが出たけど、全部ギルさんがグーパンで倒していた。さすがは冒険者歴10年の実力者だね。

『きゅるるぃっ！』

ライムスもご馳走にありつきたくて必死にアピールしているよ。

そんな姿に、場の空気がほわあ～と和んだ。

「よし、今日はここにしよう。もう網も取り換えてあるしな！」

ギルさんは適当なバーベキューコンロを見つけると、スタスタと木小屋のほうに歩いて行った。戻ってくる頃には両腕にパイプ椅子が引っかけられていて、それにも関わらず3段重ねの段ボールまで抱えていた。見た目通り、すごいマッスルパワーだね。

「おし、必要なモンはこれで揃ったな。ミレイ、俺が炭入れたら点火頼むぞ」

「任され〜〜」

ギルさんが炭を入れて、ミレイちゃんが魔法で点火した。

ところでお肉とか野菜はどこにあるんだろう？

そう思っていると、ユーリちゃんがふふんっ、と鼻を鳴らした。

「私、収納魔法使える……。あんまり多すぎると辛いけど、これくらいなら、全然ヨユー……」

「わぁ、ユーリちゃんすごい！」

私は思わず抱き着いてしまった。慌てて離れると、ユーリちゃんの顔が真っ赤になっていた。

青髪ってこともあって、なんかライムスに重ねちゃうんだよなぁ。

「わわっ、ユーリちゃんごめんねっ？」

「別に、ヘーキだよ……」

「はぁ〜、幸せぇ〜〜」

お肉や野菜は、ギルさんが焼いてくれたよ。

私も手伝おうとしたんだけど……。

「肉とか野菜とか焼いてるとちょうどいい具合に熱が来るんだよ。すると汗が流れてな。不思議なモンで、ビールってのは汗かいてるほうが美味いんだよなぁ。ってワケで、最中さんもライムスくんも遠慮せずじゃんじゃん食ってくれ！」

「そうですか。ギルさん、ありがとうございます」

「なぁに、良いってなモンよ！」

柔らかいお肉に、シャキシャキのピーマンやもやし、そして肉厚のシイタケに、今日は魚介類まで出てきたよ。私はホタテ貝にバター醤油をつけて、ぱくっと一口。

「ん～～っ!!」

きっと幸せっていう気持ちに味があるとしたら、こんな味なんだろうな～。

「美味しいね、ライムス！」

『ぴきゅきゅぅっ!!』

ふふっ、ライムスも大喜びだよ。みんなでワイワイできるのが楽しいんだろうね。

そうやってダンジョン飯を楽しんでいると、ふとギルさんが聞いてきた。

「そういえば、最中さんは配信とかはしないのか？」

「あっ、それ僕も気になってました。こんなにかわいくて素早いスライムがいるんだから、映えると思うんですけどね」

「分かる……。ライムスちゃんマジカワ。極まってる……」

「え、ど、どうなんですかね。ダンジョン配信を見るのは大好きですけど、配信する側っていうのは……」

「まっ、無理強いはしないけどね。でもダンジョン配信は楽しいよ～？　やり始めたらクセになっちゃうし。そーだギル、アンタ今から配信してみたら？　モナカちゃんはゲストってことで」

　え、ええっ⁉　私がゲスト⁇

「ははは、そりゃいいな！　でも最中さん次第だな。どうだい最中さん、俺たちのチャンネルに出てみないか？　意外かもしれないけど、俺たちのチャンネルって結構人気あってな。なんと、チャンネル登録者数30万人もいるんだぜ⁉」

「さ、30万⁉　うぅ、ごめんなさい。気持ちは嬉しいですけど、30万人もの方に見られるっていうのは、ちょっと心の準備が……」

「そうかいそうかい。いやまぁ、そりゃビックリするよね。でも気が変わったらいつでも連絡くれていいからね。この前もみんなで話したんだけど、モナカちゃんって今時にしてはすごく素直でいい子じゃない？　もうウチらすっかり気に入っちゃってさ」

「そ、そうかな？」

「うん……、モナカちゃんはすごくイイ人。だって、普通はゴミ拾いなんて手伝わない……」

うぅー、なんだか照れちゃうなぁ～。でも、こうやって褒められるのは嬉しいね。

「はい、最中さん。いい具合に焼けましたよ」

「あ、ありがとうございます」

うん、やっぱり最高の焼き加減だね！

「このままじゃギルさんの焼いたお肉しか食べられないかも」

「オイオイ、あんま嬉しいコト言ってくれるなよ？　俺ってばチョロいからな、すぐ惚れちまうぜ？」

「えぇ、それは困る……かもしれません」

「はっはっは!!　ケンジ、俺たち2人とも仲良く撃沈だな！」

「いや、僕まで巻き込まないでください」

そんな2人のやり取りを見て、私と双子ちゃんは顔を見合わせて笑った。

楽しい時間はあっという間に過ぎ去って、今日も解散の時間がやって来た。

「ライムス、今日も楽しかったね！」

『きゅぴぃ～～っ！』

帰路の途中、私はライムスと話しながら、考え事をしていた。

ダンジョン配信者。今までは一視聴者として楽しんでいて、自分が配信する側になるなんてことは考えてもいなかったけど……。

「ちょっとやってみようかな……？」

◇◆◇◆◇

「ふへ、ふへへへ……なんとか今週も乗り切った……」

時刻は23時20分。あと30分で終電だ。

「天海さん、お疲れさま。これどうぞ」

「あ、どうも。ありがとうございます」

須藤さんが暖かい緑茶を淹《い》れてくれたので、一礼して受け取る。一口含むと、心がホッと落ち着いた。

「明日明後日休んだらあと2日。そしたらゴールデンウィークですから、それまで頑張りましょう」

「えぇ、そうですね。須藤さんは、ゴールデンウィークはどうやって過ごすんですか？」

「私は映画巡りですね」

そう言って須藤さんは丸眼鏡を外した。途端に、今まで見たこともないような超絶美人が姿を現して、私は驚きの余り声を詰まらせた。

「こう見えて私、映画が大好きなんですよ。映画自体もそうですけど、どちらかというと空気感といいますか。ほら、ゴールデンウィークの映画館って子連れが多いでしょう？　楽しそうにしてる人を見ると、心が和むんです」

そう結んで、須藤さんは薄く微笑む。その姿はなんだか聖女様みたい。艶のある黒髪が瞼を覆って、どことなく哀愁《あいしゅう》を感じさせて……。なんというか、エモって感じ！

「そういう天海さんは？」

「あ、うーん。どうだろう？　まだ悩んでるんですけどね。でも、早ければ明日にでもダンジョン配信やってみようかな～って思ってます」

「へぇ、天海さんがダンジョン配信ですか」

「ヘンですか？」

「ヘンというか、柄じゃないって感じですかね。探索者といえばアグレッシブで戦うのが大好き、みたいなイメージじゃない？　天海さんはどちらかというと、博愛主義的というか平和主義的というか。見るからに争いは嫌いって感じですから」

「そんな、大袈裟ですよ」

ていうか、私ってそんなふうに思われてたんだ。

そりゃ悪い気はしないけど、ちょっとそわそわしちゃうよ。

「大袈裟ですかね？　天海さんは知らないと思いますけど、岡田さんって女子社員からはすごい陰口言われてるんですよ」

「え、そうなんですか？　まぁ、岡田さんのこと好きな人はいないでしょうね～」

「ホントですよ。でも、天海さんって人の悪口言わないじゃないですか。ていうか私、天海さんが怒ってるところ見たことないですし」

「いや、それはまぁなんというか、私なんかが怒るだなんて烏滸《おこ》がましいみたいな？」

「随分と自分を卑下するんですね。でも、そんな天海さんがダンジョン配信だなんてちょっと気になっちゃいますね。もし始めたら、ぜひアカウント教えてくださいよ。フォロワー第一号の座、もらっちゃいますから。それじゃ、お疲れさまでした」

「あ、ハイ。お疲れさまです」

なんか不思議な感じがするな～。いつもはお淑《しと》やかで静かで冷静で、言い方は悪いかもしれないけど、なんだか作業マシンみたいだな～って思うこともあったけど。

残業は辛いけど、悪いことばっかりでもないね。ミステリアスな須藤さんの意外な一面を見られて、得しちゃったよ。

◇◆◇◆◇

「ただいまぁ～～」

『きゅぴぃぃぃーーッ!!』

帰宅早々、ライムスが爆速で胸に突っ込んでくる。

私はそんなライムスを受け止めて、玄関廊下で仰向けになった。

「ふふっ、今日もおかえりしてくれてありがとうね」

『きゅいぃぃ～』

「あらら、もうお眠みたいだね？　先にお布団行っててていいよ、私もシャワー浴びたらすぐ行くから」

『きゅぅ～』

私はライムスを寝室のベッドまで送ってから、シャワーを浴びて、パジャマに着替えて、それから床に就いた。

来週はたった2日の出勤でいいんだな。そう思うとすごくリラックスできて、私はあっという間に眠りに落ちた。そして翌朝。

私は息苦しさとぷにょぷにょ感を感じて目を覚ました。

「う〜ん。ライムス、おはよぉ〜」

『ぴきゅぃ〜っ！』

「うん、分かったよ。すぐに作るから待ってて」

『ぴきゅっ！』

私はいつもどおり布団を整えて、それから居間に向かった。

カーテンを開くと、今日も今日とて麗《うら》らかな日差しが出迎えてくれた。

今日の朝ごはんは何にしようかな。

歯磨きがてらそんなことを考えつつ、なんとなくバラエティ番組を見ていると。「それでは登場して頂きましょう。本日のゲスト、今〝英雄〟と話題の探索者、伊藤真一さんでぇーすっ‼」

英雄か。そういえば、ＳＮＳでそんな話題が流れてきてたっけな。仕事に追われて詳しい詳細は分からないけど。

「って、この人あのホールにいたの⁉」

番組を見ていると、伊藤さんについての紹介があった。

どうやら伊藤さんは、私と同じあの川辺のホールに潜っていたらしい。しかも、初めての探索なのにイレギュラーを討伐して、多くの人の命を救ったのだとか。

「へぇ～。すごい人って、意外と近いところにいたりするんだねぇ」

そんなことを思いながら、私は今日の朝食をふりかけご飯と卵焼きに決定した。

また羨ましそうに見てくるかもしれないし、ライムスの分も作っておいてあげようね。

◇◆◇◆◇

「それじゃ始めるよ、ライムス！」

『ぴ、ぴきっ！』

この日は、私もライムスも緊張していた。

それも無理はない。だって今日は、初めてのダンジョン配信だからね！

でも、どんな機材が必要かとかそういう知識はゼロだから、まずはスマホで直撮りすることにしたよ。

最近のスマホは音質も良いし手ブレも補正してくれる。だから、初心者でも配信ができる。

タイトルは【ライムスのダンジョン掃除】。

基本的にはライムスにゴミを食べさせるだけの配信だから、これでいいよね。

で、ライムスの戦闘に関してなんだけど、これは映さないことにしたよ。ライムスがモンスターを捕食するシーンは、なんというか、ちょっと刺激的だからね。

私の思い描く配信活動とは齟齬《そご》があるから、戦闘シーン……というか、モンスターの捕食シーンは映さない。

代わりに、私の戦闘シーンは映してもオッケーにしたよ。それなら普通の攻略配信と変わらないからね。

ただ、今はカメラマンもいないし、私が戦うところを撮影するのは無理なんだけど。

「あ、えーっと……」

それにしても緊張するなぁ～。視聴者はゼロだけど、だからこそどんなことを喋ればいいのか思いつかないよ。誰も見ていないのに一人で喋るだなんて、異常者みたいで抵抗があるなぁ。

でも、どのタイミングで人が来るか分からないし。まずはなんでもいいから喋ってみようか。

「えっと、今日はダンジョンのお掃除をしたいと思います！　今映ってるスライムは私のペットで、ライムスっていう名前だよ！　この子にゴミを食べてもらって、ダンジョンをきれいにしていきますね～」

ちょっと抵抗もあるし、それにすっごく緊張するけれど、できるだけのことはやってみよう！

仮に上手くいかなくても、全力でやれば後悔はしないはずだからね！
こうして、私の初めてのダンジョン配信が幕を開けた。

閑話

この部屋の窓からは、街が一望できる。

街道を縫い行く車両も、まるで蟻のように跋扈《ばっこ》する人の群れも、立ち並ぶビル群も……全てが、我が子のように愛おしい。だからこそ、私はわずかな瑕疵《かし》も齟齬も見逃したくはないのだ。ほんの少しでも違和感があるのなら、とことん追求せねば気がすまぬのだ。

コンコン。ノックの音で、私の意識は現実に引き戻された。

「入れ」

短く返答すると、ギィ……と扉が開かれ、そこから秘書の相沢が顔を出した。

相沢はいつもサイドで結った茶髪を胸元に垂らしていて、たまに、本当にたまにだが、無性にぽふぽふぽふしたくなる。一度ぽふぽふしていいかと聞いたら、セクハラで豚箱にブチ込まれてもいいのなら好きにしろと脅され、以降、私は必死に発作を堪えているのだが。

まぁこの苦労は彼女には伝わらんのだろうな。

「例の件ですが、無事に終了いたしました」

「そうか。して、肝心のステータスは？」

私と相沢は革張りのローソファに腰を降ろし、丸机を囲った。その上に相沢が一枚の書類を置いて、その後は、私をすんと見据えたまま人形のように動かなくなった。

「フム。では、拝見させてもらおうか」

天海最中：Lv3　女　22歳
HP40
MP10
攻撃力10
防御力9
魔法攻撃力8
魔法防御力8
素早さ25
職業：なし

「ふ、普通だな……」

「えぇ。あまりにも普通のステータスです」

うぅむ、だとすれば私の思い違いだろうか？　だが、どうにも気になって仕方がないのだ。昏睡《こんすい》の中、伊藤の放ったあの言葉が。

「スライムが、喰った……」

あれはどういう意味だ。字面通りにとらえれば、スライムがイレギュラーを捕食したと考えられる。だがそんなことはあり得ない。常識的に考えて、たかがスライムがイレギュラーに勝てるハズがない。

今回のイレギュラーは双眸に赤光を宿していたと伊藤から聞いている。これは暴飢餓《バーサク》状態だ。つまり、最低でもDランク以上の強さはあるということ。それをスライムが喰らうなど、そんなことあるわけがない……普通に考えればな。

「土門様。もしや、まだあの寝言を気にしておられるのですか？」

「むぅ……。どうにも気にかかって仕方がないのだ。指定番号411ホールに潜った魔物使いは3名。内2名はイレギュラーの出現に伴い第2層へと避難している。伊藤の寝言を真実と仮定した場合、整合性を取れるのは天海最中という存在だけだ」

「ですが、彼女のステータスは至って平凡なものです。しかも、まだスキルが開花していません。土門様、従魔が従魔たる所以をお忘れですか？」

「まさか」

従魔——それはあくまでも主君に仕えるモンスターのこと。

「主従関係を結ぶという関係上、従魔が主君の能力を上回ることは絶対にあり得ない」

「ご名答。そして、ステータスの偽装は不可能。となれば、もう答えは出ているではありませんか。伊藤真一の寝言はただの妄言。おそらく、昏睡状態の中で夢でも見ていたのでしょう。もしくは、記憶の混濁《こんだく》が生じていたか」

むぅ。果たして、本当にそうなのだろうか？

「釈然としない——そんな顔をしていますね？」

「まぁ、な。なんというか、どうにもしっくりと来なくてな。今、私の頭の中にはもう一つのストーリーが展開されつつある。非常に馬鹿げた、一笑に付す価値すらないであろうただの妄想……だが、長年の経験と勘が告げているのだ。その妄想こそが真である、とな」

「……まったく。困った人ですね、アナタは。それで？　私にどうしろと言うのですか。わざわざ呼び出したからには、なにか頼みごとがあるのでしょう？」

「ふっ、さすがだな。話が早くて助かるよ」

「何年秘書をやってると思っているんですか」

「そうだな。——頼みごと、というほどのことでもないんだがな。お前、ネットやＳＮＳに関しては中々に詳しかったよな？」

「詳しいというほどではありませんが。まぁ、トレンドには敏感なほうだと思いますよ」

「そうか。……なにも難しいことをお願いしようという気はなくてだな。ただ、ある噂を広めて欲しいのだ。なんというかこう、努めて自然な感じで」

「随分とアバウトですね。どんな噂を広めろと？」

私は一呼吸置いてから、真剣な面持ちで告げた。おそらくこれが日常の会話の延長だったのなら、冗談かなにかだと思われていただろう。

そうでないことを強調するために、いつも以上に真剣な目で、相沢を見据えた。

「魔物を喰らうスライムが出たらしい――そんな感じの噂を広めてくれ。フェイク動画や裏アカウント、なんなら金を掴ませて偽証させてもいい。ゆっくりと、だが着実に。いずれ多くの探索者がその疑念を胸に抱くように――そのように仕向けて欲しいのだ。できるな？」

あえて、できるか？ではなくできるな？と問うのは、少しばかり狡いやり方な気もするが。だが、この胸の内に沸く違和感を解消するためには、多少の無理強いは免れない。

もし勘違いならば、それはそれでいいのだ。いらぬ労働を強いた故の誹りはこの身で受ければいいし、損なわせた時間には対価を支払えばいい。ただそれだけなのだから。

「アナタの『出来るな？』は『やれ』と同義ですからね。探索者協会副会長の命とあらば、やるしかないでしょう。では、早速作業に取りかかりますので。私はこれで失礼します」

そう言って立ち去ろうとする相沢に、私は待ったをかける。

「相沢」

「……なんですか」

「いつもすまないな。こう見えても感謝はしてるんだ」

「で？　だからなんだというのですか」

「いや、その――だから、ありがとうな。それだけ伝えておきたくてだな。スマン、無駄に呼び止めてしまった」

「……別に構いませんよ。では、失礼します」


「さて、と」

私は再び、窓の外に広がる景色に視線を落とす。やはりそこには、いつもの日常が広がっている。私は自分に言い聞かせる。この日常を守るため。そのためにも、わずかな疑惑も許されないのだ、と。

「相沢。頼んだぞ」

そんな独り言は、無音の室内に溶けて消えた。

◇◆◇◆◇

「うぅ～ん。分かってはいたけれど、ダンジョン配信ってなかなかに難しいものだね」

今日のダンジョンは、辺り一面にお花畑が広がっていたよ。

他には、ずっと遠くまで伸びる川が見えるけれど、本当にそれだけ。

全体的に開けているから……だから、他の探索者の姿も画面に映っちゃうんだよね。

幸い、私のスマホにはリアルタイムでモザイクを入れてくれる機能が搭載されていたから良かったけど。でも、自分の配信に他の人が映るっていうのは少し気になっちゃうね。

そして、もう一つ気になるのは視聴者数だね。さっきからずっと0と表示されていて、たまに1とか2になったりするんだけど、やっぱりすぐに0になっちゃう。

「でも、最初はみんなそうだったんだろうなぁ」

ダンジョン配信だけじゃない。勉強だって仕事だって、探索者として強くなるのだってそう。大事なのは地道な積み重ね。だから、視聴者が少ないからって挫けてられないよ。

私の場合は少ないというかほぼ0人なんだけど、それを意識すると悲しくなっちゃうからやめようね。

『ぴきゅきゅいっ！』

「むっ……」

ライムスに教えられてスマホから視線を切ると、そこにはゴブリン・フラワーがいた。

ゴブリン・フラワーは普通のゴブリンより少しだけ背が低くて、頭からお花が咲いているよ。かわいらしい見た目だけど油断は大敵。やっぱりこん棒攻撃は強いし、なにより、他のゴブリンとは違う特徴がある。花粉を飛ばして仲間を呼んだり、太陽の光で体力を回復させてみたり。初心者にとってはなかなか厄介だと言われているよ。

天候や気温は難易度が低ければ低いほど快適と言われていて、F難度のダンジョンはほとんど全てが快晴。ゴブリン・フラワーにとっては有利なフィールドってわけだね。

「みんな見て、ゴブリン・フラワーが出たよ！」

私は視聴者0人のスマホ画面に向かって語りかける。

なんか、モンスターに殴られるよりこっちのほうがダメージあるかも……。

「カメラマンがいないから戦いは映せないけど、頑張って倒すから応援してねっ！」

ぅぅううう〜、苦しぃぃ〜〜！　胸が苦しいよぉ!!

まさか視聴者数0がこんなにメンタルに来るだなんて思わなかったよ。そりゃ最初から100人も2000人も見に来てくれるとは思わなかったけどさ、5、6人くらいならって思ってたんだよぅ。現実って厳しいや……。

このモヤモヤはゴブリン・フラワーを倒して発散するしかなさそうだね！

私はスマホをポケットの中に入れて、ゴブリン・フラワーに突撃した。これなら画面は見えないけど声は聞こえるから、一応は配信の体《てい》を成している……よね？

「とりゃーーーっ‼」

『ナハハーーッ‼』

ギィインッ‼

こん棒と鉄の棒がぶつかり合って、鈍い音が周囲一帯に響き渡る。そして、ゴブリン・フラワーのこん棒がぐるぐると回転しながら吹き飛んでいった。普通のゴブリンよりもさらに小さいから、鉄の棒の振り幅が大きくなって、攻撃力も上がったみたいだね。

『ナヒャッ⁉』

「くらえ、えいっ‼」

『ナーーーーッ⁉？』

ぽふんっ！

「やった、ゴブリン・フラワー撃破！」

『ぷゆぃーーっ‼』

「よーし。それじゃライムス、ゴミ掃除再開だよ！」

『ぴきゅぅっ!!』

と意気込んだ矢先。またもやゴブリン・フラワーが。しかも今度は2匹も出てきたよ。

『ナハッ！』

『ゴブナーー!!』

「うっ、またゴブリン・フラワーなの？　お花畑のダンジョンだから、ゴブリン・フラワーも多いのかな？　とにかく、倒すしかないね！」

『ぴきぃーーーっ!!』

◇◆◇◆◇

「はぁ、はぁ、はぁ……。いくらなんでも多すぎでしょ！　でも、これであらかた片付いたかな？」

結局、あれから10体近くものゴブリン・フラワーを倒してしまったよ。お陰でレベルが1上がって6になったのは嬉しいけどね。

でも、全然ゴミ掃除配信ができないな。音だけの配信じゃ視聴者なんて増えるわけないし。

うーん、どうしよう？　別のダンジョンを探してみるのも一つの手だけれど……。

そんなふうにして考えあぐねていると。

ぽんっ！　と軽快なメロディがスマホから聞こえてきて。

「えっ？」

私はポケットの中からスマホを取り出して、画面を見やる。するとそこには——。

No.13
¥200
「鳴き声だけだから確証はないけど、敵はゴブリン・フラワーっぽい？　近くに川があるなら水撒きをしてみるといいよ。花粉が飛びにくくなって仲間も増えづらくなるからね。それにゴブリン・フラワーは背が低くて泳ぎも下手だから、川を怖がる個体が多いよ。参考になれば幸いです」

え、え、えぇーーーーーっ⁉

こんなグダグダな配信でスパチャもらっちゃったよ⁉　これ現実⁉　夢じゃないよね！？？

「うわあぁ、No.13さん、200円もありがとうございます！　アドバイスに従って川のほうに移動してみますね！」

No・13
「うん、頑張って。それと、やっぱり配信は画面が映ってたほうがいいと思うよ。最近はドローン式の追尾カメラもあるから、そういうものも購入してみるといいかもね？　ローンも組めるし。じゃ、自分はちょっと忙しいからここで失礼します。チャンネル登録と高評価だけしておくよ。応援してます～」

「なっ、なんてイイ人なんだ！　No・13さん、本当にありがとぉ～！　ちょっと挫けそうだったけど、私頑張るよっ!!」

アドバイスどおり川沿いにやって来た。川水を両手で掬って周囲に撒いていく。それを繰り返していると、ピタリとゴブリン・フラワーの姿が見えなくなったよ。

「わぁ、こんなにも効果が出るものなんだね」

『きゅぴーーっ!!』

「あっ、そうだね。これでゴミ拾いが再開できるね！　ライムス、頑張ってダンジョンをきれいにしようね！」

『きゅるぃっ!!』

そして私はまたもや視聴者数0になった画面に向けて語りかける。

ダンジョンには想像以上のゴミが落ちていること、それなのにほとんどの探索者が見て見ぬフリをしていること、そしてそれがどうしても許せないこと。誰に聞かれるわけでもない。そうと分かっているのに、さっきよりもすらすらと言葉が出てくる。間違いなくNo.13さんのおかげだね。

【ダンジョン・デイズ】の視聴者の中には【初配信】のタグを見つけては片っ端から投げ銭をしていく人がいる。そういう人をアプリ内では〝ブースター〟って呼ぶんだけど、たぶんNo.13さんもその一人だよね。そう考えると私は運が良かったよ。

【初配信】タグをつけていても絶対にブースターと出会えるわけじゃないからね。

「さて、今日はここまでにしようか。帰ったらいろいろと反省しなきゃだな〜。初配信だから仕方ないとはいえ、かなりグダグダになっちゃったし」

『ぴきゅぅっ！』

「ん？　少しずつ上手くなればいいんだよって？　も〜、ライムスは優しいなぁ」

私はライムスを抱きしめて、すりすりと頬ずりをした。ライムスはくすぐったそうに目を細めながらも、私と触れ合えるのが嬉しいみたいで、ぷるぷると弾んで喜んでくれたよ。

ふふっ。ライムスってば、本当にかわいいんだから。

あまりにもかわいいものだから、たまに、ぱくっ！　て食べたくなっちゃうんだよねぇ。そんなことしたら嫌われちゃうから、絶対にしないけど。

「それじゃ帰ろっか」

『きゅぴぃっ！』

かくして私の初配信は終わりを迎えた。

まだまだ改善点は多いけれど。全然上手くいかなかったことも多かったけれど。でも、たった1人だけど、私のチャンネルを登録してくれた。

チャンネル名【もなチャンネル】。今日、私が作った配信専用のアカウントだよ。

チャンネル名の横には『1』という数字が表示されている。この『1』を少しずつ増やしていけたらいいな。そんなことを考えながら、私はライムスを抱きかかえて、夕日に染まる帰路をてくてくと歩いていった。

◇◆◇◆◇

「いらっしゃいませ～」

電車を降りて、駅構内のダンジョン・ショップに入ると、丸眼鏡の男性店員がカウンター越しに挨拶をくれた。

私はライムスを抱えたまま、カウンター前まで向かうと。

「すみません、配信に必要な機材が欲しいのですが」

「配信ですか。ただいまご案内しますね」

「はい、ありがとうございます」

そうして案内された場所には、たくさんの機械がずらりと並べられていた。

「ところで、どのような配信を行う予定でしょうか？　攻略配信であれば追尾系のドローンが人気ですし、非攻略配信であれば、三脚やスマホスタンドが人気になっておりますが」

「えっと……。そうだなぁ、初心者に人気のドローンカメラが欲しいですね。難しい操作がなくてすぐに配信に使えると嬉しいです。それと、安ければ安いほうが嬉しいな～って。ちょっとワガママですかね？」

「いえ、そんなことはありませんよ。――お客様の要望に応えられるのはこれですかね」

そう言って、男性店員はサンプルを一つ手に取った。

「こちらの商品は自動追尾はもちろんのこと、多彩な配信アシスト機能が人気の一品でして。例えばＡＩによる個体識別機能を用いれば、未登録の顔の持ち主を即座に配信画面から消去させることが可能になります。つまり、他の探索者を映してしまう心配がなくなりますね。視聴者からすれば余計なノイズが入らなくなるので、お客様の配信だけに集中することができるようになります」

「へぇ～、それはすごいですね！」

私のスマホには自動モザイク機能があったけれど、あれは顔を隠してくれるだけで、画面から消すっていうのは出来ないからね。

「ブレ補正や耐熱防水はもちろん、軽くて頑強な素材で作られているので、ある程度ならモンスターの攻撃にも耐えられます。最高速度は自動追尾モードであれば１５０㎞、手動操作モードなら１８０㎞まで出ますよ。そして一番の注目ポイントが緊急避難システムとなっております」

「緊急避難システム？」

緊急避難という言葉は聞いたことがあるけれど、それがドローンに搭載されているというのはちょっと想像が難しい。私が首を傾げると、男性店員は笑顔で説明を続けてくれた。

なんか前に来た時よりも愛想が良くなってる気がするんだけど、なんでだろう？

「緊急避難システムは、個体識別機能に登録された人物を助けるために搭載された機能です。お客様の体力が残りわずかとなった際、このドローンはそれを感知して、お客様を即座に避難させます」

「え、そんなこともできるんですか？」

「えぇ。最近のドローンは進化していますからね。ちなみにこのドローンであれば、最大積載量は２００㎏となっております。成人男性２人程度であれば難なく運べるでしょう。さらに、ボディの内側に張り巡らされたチューブにはポーションを注入できるようになっておりまして、緊急時には自動で注射してくれるのですよ！　どうですか、素晴らしい逸品でしょう!?」

　確かに、こうやって聞くと購買意欲がそそられるよ。配信機材といっても、最近のは探索者の命のことまで考えてくれているんだね。

　でも、そこまで優れているとなると、やっぱり値段が気になっちゃうよね。

「それで、そのドローンはいくらするんですか？」

「こちらの商品、70万円となっております」

「な、70万円!?」

　うぅ、な、70万円……高いな～。　高いけれど、分割なら買えなくもないっていうのが絶妙なところだよね。

「あの、一応確認なんですけど、一番安い商品でこれなんですか？」

「いいえ、一番安いのとなると他の商品もございますよ。ですが、お客様の要望にお応えしつつ、なるべくリーズナブルなモノをとなりますと、こちらの商品が一番オススメですね」

「そう、ですか」

私はライムスを顔の前まで抱き上げた。

「ねぇライムス、どうする？　説明を聞いた感じ、すごく良い商品なんだけど」

『きゅぴーーっ!!』

「……そっか。うん、そうだよね。こんなに良さそうな商品なんだもの、買わない手はないよね！」

「おお、ではっ！」

「はい！　そのドローン、ぜひ買わせてください！」

「かしこまりました。では、レジのほうまでお越しください！」

こうして私は、生まれて初めて高級なお買い物をした。支払いは月4万円の分割20回払い。手数料込みで約80万円もの買い物になったけれど……。これで本格的にＤｔｕｂｅｒとしてデビューできるって思うと、悪くないよね？

ドローンの他に、体力回復ポーションも5つ購入したよ。これで明日の準備は万端だね。

◇◆◇◆◇

そして翌日、日曜日。

今日も、私とライムスはお花畑のダンジョンにやってきた！

ドローンの設定とかスマホとの連携とか、ちょっと難しかったけれど、なんとか上手くいったよ。

「よぉーし、早速お掃除開始だ！」

『ぴきゅいーっ！』

今日のタイトルは【ライムスのダンジョン掃除＃２】にしたよ。こうすれば、前の配信のアーカイブを見てもらえるかもしれないからね。

ちなみに今日は配信の設定も変更して、コメントはＡＩが読み上げてくれるようになったよ。

「あ、早速ゴミが落ちてる！　これは回復ポーションの空き瓶だね。ライムス、あ～ん」

『くゅいっ‼』

ライムスが美味しそうに瓶を丸呑みにして、ぷるぷると揺れる。

すると早速、ＡＩ音声が聞こえてきたよ。

上ちゃん「初見。ダンジョン掃除って珍しいな。もなさんは魔物使いかテイマー？」

「上ちゃんさん、コメントありがとう！　いつかはテイマーになりたいな～って思ってるけど、今は無職だよ！」

上ちゃん「はぇ～。っていうかスライムがゴミを食べていくのか笑」
村人B「初見です。スライムタグに釣られてきました」

「村人Bさんこんにちは～、来てくれてありがとう！　上ちゃんさん、この子はライムスって言って、ゴミも大好物なんだよ！」

『きゅいきゅぴぃっ‼』

村人B「めっちゃ元気ですね！　かわええ～～」
ミク@1010「初見～。ちょっと気になったから来てみたよ～」
上ちゃん「ライムスかわいいな笑」
tomo.77「初見です。探索者だけど、ゴミのこととか考えたことなかったわー」

うわぁ、昨日とはまるで大違いだよ！　昨日はスマホで直撮りだったしそれが良くなかったのかも？

まさかこんなすぐに人が来てくれるなんて思わなかったよ。やっぱり【初心者】とか【スライム】っていうのは一定の需要があるのかな？

「ダンジョンって意外とゴミ多いんだよね～。あっ、またゴミ発見！　はいライムス、ご馳走だよ～」

『きゅゆー！』

ライムスがぱくぱくとゴミを食べると、「かわいい～」といったコメントが読み上げられていく。私はそれが嬉しくて、親バカなのは分かってるんだけど、つい賛同してしまう。

「分かる分かる、ライムスってば超かわいいよね！　もう世界一って感じ？」

村人Ｂ「親バカすぎて笑いました」
上ちゃん「いっそのこと清々《すがすが》しいまである」
ミク＠１０１０「ふむふむ、モナさんはこんな感じね」
村人Ｂ「でも実際かなりかわいいです！　あと、ゴミを美味しそうに食べてるのがシュールで面白いです笑」
ｔｏｍｏ．77「ライムスにっこにこやん」

「親バカなのは認めるけど、仕方がないよ。だってライムスがかわいすぎるんだもん。ねー？」

『ぴきゅいっ！』

私がライムスをナデナデしてあげると、ライムスは『当然でしょ！』と言いたげに見上げてきた。そんな仕草がかわいくて、さらにナデナデしてしまう。

「んもぉ、ライムスってば反則級のかわいさだよぉ～～！」

No.13「おー、通知来たから来てみたら登録者増えてるじゃん。もなさんおめでとうだねー。この調子で登録者増えていくといいね、応援してるよ！　それとライムスくんホントにかわいいね。見てると癒されるよ」

数分後にはNo.13さんまで来てくれて、私は嬉しくなって、どんどんと調子を上げていった。

「ライムス、この調子でどんどんお掃除していくよっ！」

『きゅぴゆぃっ!!』

モンスターを倒して、ゴミを掃除して。あまりにも配信が楽しかったもので、あっという間に時間が過ぎて、気が付いたらお昼になっていたよ。

「ライムス、そろそろ休憩にしようね」

『きゅぴー！』

私は配信をつけたまま、休憩スペースのほうへと歩いていった。

お昼はダンジョン飯の配信だよ！


「ライムス、今日のお昼は焼きおにぎりだよ！」

『きゅぴぴぃっ!!』

ダンジョンの休憩スペースは半分キャンプ場みたいなもので、ここにはダンジョン飯に必要な道具がたくさん揃っているよ。

バーベキュー・コンロにトング、炭に燃焼材にライター、紙皿にプラスチックのコップ、割り箸、スプーン、フォーク、鋏、包丁、まな板。スコップに軍手、ヘルメット、ヘッドライト、他にはクーラーボックスやパイプ椅子とかね。みんな木小屋の中に用意されているよ。

木小屋の他にはプレハブ小屋が設置されていて、商店として使われているよ。ここでは食材や飲み物も買えるから便利だね。

私はリュックサックの中からお弁当箱を2つ取り出した。一つはライムスの分で、もう一つは私の分。

「まずはチャッカマンでコンロに火をつけます！」

カチッ！　とボタンを押すと火がついて、コンロに火が着いた。

「そして一つ目のアイテム、牛脂を使います！」

『ぴきゅい？』

「ふふっ。これを鉄網に塗ればおにぎりを焼けるんだよ！」

『ぴきーっ!!』

本当はバターを持ってきたかったんだけど、ドロドロに溶けちゃいそうだったからね。だから冷凍庫に保管していた牛脂を持ってきたよ。

「よーし。あとは私とライムスのおにぎりを、えいっ！」

金網に手作りのおにぎりを載せると、ジュアァ～～と心地良い音がして、なんだかそれだけでヨダレが出ちゃいそう。

上ちゃん「焼きおにぎり、これは堪らんねぇ～」
ｔｏｍｏ．77「ダンジョン飯。たまにはいいかもなぁ」
No.13「ライムスくんすごいぴょんぴょん跳ねてるね笑」

『ぴゆい、ぴきぃっ！』

「ふふっ、そんなに早く食べたいの？　でもまだ早いよ。なぜならアイテムはもう1つあるのだからね。それが、鰻丼のタレですっ‼」

ミク@1010「わーお、鰻丼のタレと来ましたか！」
No.13「なんという破壊力……」
通りすがりのLv.99「ダンジョン飯タグに釣られてきたらエゲつないことしてて草」
上ちゃん「ちょうど昼時だし、こっちも昼食べながら見るかな。じゃないと耐えられる気がしないよ」
村人B「こっちまで匂いが届きそうです！」
ノブ「初見です。ダンジョン飯とスライム好きだから楽しみ」

「初見さん来てくれてありがとう！　今は焼きおにぎりに鰻丼のタレを塗っているよ。もちろんそれだけじゃ終わらないよ。最後のアイテムはこれ、山椒ですっ！」
我ながら惚れ惚れする完成度だよ！　焼き加減は完璧だね。全体的に火が通っていて、中心部分はほどよく焦げ付いていて美味しそう。鰻丼のタレの香りが煙に乗せられて漂ってきて、匂いだけで既に歓喜の舞を踊りたくなっちゃうね。あとは山椒を振りかけて、と。

「出来ましたっ、鰻丼風焼きおにぎり～～っ!!」

『きゅっ、きゅぴぃ～～～っ!!』

「あははっ、すごいぐるぐるだねライムス！　そんなに美味しそうに見える？」

No.13「ヤバい耐えられない。このままじゃ理性が崩壊する。私も今からそれ作る！」
tomo.77「ハイボールあったら完璧だよなぁw」
通りすがりのLv.99「犯罪的な飯テロだ……」
村人B「美味しそぉ～～」
たなか家の長男「初見。飯テロいいね。他にはメニューないの？」

「たなか家の長男さん来てくれてありがとっ！　もちろんこれだけじゃないけど、まずはこの鰻丼風焼きおにぎりを食べてみるね。それじゃライムス、いくよ？　せーの、いただきまぁ～す！」

『きゅるぃ～～っ！』

はふっ、と熱々のおにぎりを一口。

次の瞬間、凝縮された旨味が舌の上で弾けて、私は天にも昇る気持ちになった。

「お、美味しい……。焦げ目のついた部分を齧るとパリッと割れて、中からホクホクのお米が出迎えてくれたよ。咀嚼するほどに鰻丼のタレと絡み合ってじわじわと甘味が広がっていって、最後に山椒がバシッ！　とキメてくれる……。思い付きのアイデアで作ってみたけど、まさかここまで美味しいだなんて思わなかったよ。ハッピーゲージがあるとしたら、まさに『うなぎ上り』って感じだねっ！」

たなか家の長男「初心者タグ付いてるけどホントに初心者？　食レポ上手だね」
上ちゃん「うわぁ、いいな～」
tomo.77「余すことなく全てを伝えてきてて草生える。マジで美味そう」
通りすがりのLv.99『うなぎ登り』のとこで露骨にドヤ顔してて草」
村人B「ぐわぁぁあああああああっ！！！！」
ミク@1010「食レポ上手くて笑った」

「ふぅ。幸せって感情をおにぎりの形にしたらこんなに美味しいんだねぇ。それじゃあ次行くよ。お次は長ネギですっ!!」
たま～に実家から野菜が送られてくるんだけど、この長ネギもその一つだよ。

「この長ネギを3～4㎝くらいの大きさにカットして、そして焼きます！　もちろん鰻丼のタレで味付けをするよ！」

『ぴきゅ～～！』

「はいはい、そんなにがっつかないの」

長ネギが焼けたので、鰻丼のタレを塗って食べるよ。加熱したことで長ネギ本来の甘味が滲み出ていて、鰻丼のタレとの相性も抜群だね！　味だけじゃなく、シャキシャキの食感も最高～！

「ごちそうさまでした～。ほんっとに美味しかった～～。それじゃここからは30分お昼寝するから、一旦配信を切るね？　13時からはまたダンジョン掃除に戻るから、チャンネル登録と高評価、どうかよろしくお願いします！」

お昼寝を終えた私とライムスは、休憩スペースを後にして、ダンジョン掃除を再開した。

『ぷきゅっ！』

「あっ！　今日も出たね、ゴブリン・フラワー！」

頭から花を咲かせたかわいいゴブリンが、こっちに向かって走ってくるよ。見た目はかわいいけど、声は野太い。人によってはそのギャップが好きらしいんだけど、私は苦手だな。

『ナハハハーーーッ!!』

「やあっ!!」

ガキンッッ!!

「やっぱり攻撃は私の方が上だね！　くらえっ！」

ドゴッ、と鉄の棒がゴブリン・フラワーの胴体に直撃した。そして体勢を崩した隙に、３発の追撃。

『ナギャワーーッ!!』

ぽふんっ！　と、ゴブリン・フラワーが煙になって消えて。

そして私の頭の中で、例のファンファーレが響き渡った。

ぱぱぱーん！

――おめでとうございます。個体名・天海最中のレベルがアップしました。

「やった、レベルが7に上がったよ！」

昨日は10体近くものゴブリン・フラワーを倒したから、レベルアップまであと少しってところまで来てたみたいだね。

No.13「モナちゃんレベルアップおめでとう！　どの試練を受けるかは決めてるの？」

村人B「レベルアップおめです！」
ノブ「おめ～」
ミク@1010「あと3つで試練受けれるじゃないの。おめっと～」
上ちゃん「レベル7、初々《ういうい》しくてかわいいな～」
tomo.77「レベル7か。懐かしいね」

「みんなありがと～！　受ける試練はね、もう決めてあるよ。私は『魔物使いの試練』を受けるつもりなんだ。いつの日かテイマーになって、ライムスとの絆をもっともっと強くしたいからね！　ねっ、ライムス！」
『きゅぴい～～っ!!』

No.13「そっかそっか。ライムスくんを連れてるもなさんにはお似合いの職業だね。応援してるよ！」
村人B「僕も応援してます、頑張って！」
上ちゃん「魔物使いか。結構難易度高い試練らしいけど、応援するよ」
tomo.77「ちなみに俺は戦士です。先輩探索者として、モナさんが合格できるように応援するよ」


「みんな、応援してくれてありがとうね！　明日明後日は仕事だから配信できないけど、そのあとはゴールデンウィークだから、そうだなぁ……まずは水曜日にレベル10を目指そうかな！」

それからもダンジョン掃除は続いたけれど、視聴者のみんなと話していると、あっという間に16時になってしまったよ。やっぱり楽しい時間ってすぐに過ぎちゃうよね。

ちょっと残念だけど、今日はここまでだね。

「今日は私の配信に来てくれてありがとうございました！　次は水曜日に配信する予定だよ。チャンネル登録と高評価、よろしくねっ！」

◇◆◇◆◇

明けて翌日、職場オフィスにて。

「おい天海、なにチンタラやってんだ！　ンなもんとっとと片付けちまえよ!!」

「ひっ、ひゃい！　今やってますぅ！」

今日も今日とて、岡田さんの怒号が飛び交っていて、私の気分はずーんと重くなる。

あと2日耐えればゴールデンウィーク、あと2日耐えればゴールデンウィーク……。自分にそう言い聞かせながら、必死に耐える。それでも苦しい時は、ライムスのことを思い浮かべる。そうやって耐え忍ぶこと数時間。ようやくお昼休みの時間になったよ。

「はぁ、疲れたぁ」

「ふぅ……。天海さん、お疲れさまです。あと2日耐えれば良いだけなのは分かっているんですが、それでもやっぱりキツイですね」

須藤さんがホットの緑茶を手渡してくれる。私は一口啜って、心を落ち着かせた。

「はぁ～、美味しい。それにしても本当に疲れちゃうなぁ。仕事内容はそんなに嫌いじゃないんですけど、人間関係で疲弊しちゃいますよ。岡田さん、もう少し優しくしてくれたっていいと思うんだけどなぁ～」

「気のせいかもしれないですけど、岡田さんって天海さんに対しての当たり強くないですかね？」

「え？　ん～、どうかな？　もしそうだとしたら結構ムッと来ちゃいますけどね」

私は岡田さんに怒鳴られるとそれだけでいっぱいいっぱいになっちゃうから、周りに気を配る余裕がないんだよねぇ。

だから正直言うと、他の人がどれだけ怒られてるのかあまり分かってなくて……。

「ま、あんな態度じゃその内イタイ目に遭うでしょうけどね」

それだけ言って、須藤さんはオフィスから去っていった。


翌日、火曜日。

「お前ら、今日はもう上がっていいぞ。連休明けたらまた激務だからな、少しは体力回復させとけ」

まだ16時30分なのに、そんなことを言われた。岡田さんが去った後で須藤さんに聞いてみたところ、ゴールデンウィークの前日は毎年こんな感じらしい。

そういえば去年もGW前日は早上がりしたっけな？

「この時間に上がれるのって久しぶりだなぁ」

入社してから最初の1週間は定時で上がれてたけど、それからずーっと残業だったからね。

なんか、ちょっと懐かしくなっちゃったよ。

「そうだ、いいこと思いついた！」

せっかく早く上がれるなら、探索者協会でステータス・カードを更新しよう！　明日から大型連休が始まるし、そうなったら長い時間並ぶことになるかもしれない。それなら、今日の内に更新を済ませちゃおう。

というわけで、探索者協会東支部までやってきたよ。

予想通り、探索者の数は少なくて、私はすぐにステータスを更新できた。

天海最中：Lv7　女　22歳
HP50
MP20
攻撃力19
防御力20
魔法攻撃力18
魔法防御力18
素早さ37
職業：なし

「前と比べると全体的に10くらいは強くなってるんだね」

実際に数字が上がったのを見ると嬉しくなっちゃうね。

これからもレベル上げを頑張って、もっともっと数字を上げていこう！

翌朝、水曜日。

息苦しさとひんやり感を感じて目を覚ますと、やっぱりライムスが顔の上に乗っかっていた。

『ぴきゅぅっ！』

「うん、おはよー。すぐに朝ごはん作るから、待ってて」

『きゅぴっ!!』

いつもと同じように布団を整えて、居間に向かう。

カーテンを開けると太陽の光が差し込んできて、部屋の中を照らしてくれた。

「ふわ〜〜、今日も良い天気だねえ」

『きゅるるいっ！』

「はいはい、今作るよ」

今日の朝食はバタートーストとジャムトースト、それからホットコーヒーにしたよ。

ライムスの分はシリアルと牛乳、それから冷蔵庫の野菜室からみかんを持ってきて、それを食べさせてあげた。

ライムスはみかんを食べると酸っぱそうに目を細めていたけれど、すぐに酸っぱいのに慣れて、ぱくぱくと食べていたよ。

朝食を終えた私たちは、今日もお花畑のダンジョンにやってきた。

今日の目的はゴミ掃除とレベル上げだよ。

今の私はレベル7だから、できれば今日中にレベルを3つ上げたいところだね。

「今日は、ゴブリン・フラワーをたくさん倒しますっ！」

村人B「おはようございます！　ライムスくん見たくて来ちゃいました！」
ノブ「俺もライムス見にきたでー」

「おっ、早速来てくれてありがとう！」

ダンジョン配信を始めて約5分。

土日に来てくれた人が今日も来てくれて、私は嬉しい気持ちになった。

自分のペースで、少しずつでもいいから、こうやって視聴者を増やしていけたらいいな。

「ふんふんふ～ん♪」

『きゅぴぴぃ～～』

私とライムスは、お花畑をてくてくと歩いていった。すると。

『ゴナーッ！』

「あ、早速ゴブリン・フラワー発見だよ！」

私は鉄の棒を構えて、ゴブリン・フラワーと対峙した。そして、しばらくの間は防御に徹する。

村人Ｂ「ゴブリン・フラワー倒さないの？」
上ちゃん「今来た～。ちょっと苦戦してる感じ？」
ｔｏｍｏ．77「おはよう～。二窓なうでーす」
ｔｏｍｏ．77「敵はゴブリン・フラワーか。レベル7なら余裕で勝てそうだけどな」

「ふふんっ、私にはちゃんと作戦があるんだよ！」

『オハナーーーッ!!』

「やあっ!!」

ガキィンッ!!

鉄の棒とこん棒が衝突し、鈍い音を響かせる。でも、ゴブリン・フラワーの武器は飛んでいかない。私は防御に徹してるだけだから、当然といえば当然だけどね。

そうやってしばらく守りを続けていると、ゴブリン・フラワーが2匹になったよ。

きっとこのままじゃ倒せないと思って、仲間を呼んだんだね。

「よし、作戦通り！　それじゃ1匹目のゴブリン・フラワーを倒しちゃうねっ。くらえ、えーいっ!!」

『ゴブッ!?』

いきなり攻撃されて、ゴブリン・フラワーは完全に防御が遅れる。

私の鉄の棒が直撃すると、

『ナグワーーーッ!!？』

ぽふんっ！

ゴブリン・フラワーは煙になって消えた。

「まずは1匹目！」

ゴブリン・フラワーを倒したら、また防御に徹する。そして仲間を呼ばれたら、古い順番にゴブリン・フラワーを倒していく。こうすれば、わざわざ探索しなくても、向こうからモンスターがやってきてくれるってわけだね。

tomo.77「ゴブハナループじゃん。自分で思い付いたならすごいね」
村人B「ゴブハナループだっけ？」

上ちゃん「非攻略配信ばっか見てたからこういうの初めて見るな。みんないろいろ考えてるんだね笑」
ミク@1010「来たらゴブハナループしてて笑った」

「こう見えて私もダンジョン配信を見てきたからね。他の人の戦い方は積極的に取り入れていかないと！」

このレベル上げ方法を最初に考え付いた人は、驚くことに、当時中学1年生だったという。

今は影乃纏《かげのまとい》という名前で活動していて、D・Dランキングは2位だよ。影乃纏さんは強さだけなら世界一って称されているけど、配信の頻度が少なかったりトークが苦手だったりっていう欠点があるから2位に落ち着いている感じだね。

あまりにも強すぎるからそれでもお釣りが来てるみたいだけど。

「おっ、3匹目来たね！　それじゃ2匹目のゴブリン・フラワーを倒すよ！　えいっ!!」

『ギャガワーーーーーッ!!』

ぱぱぱーん！
ぱぱぱーん！
ぱぱぱーん！

「やったぁーー、これでレベルが10になったよ！」

ゴブハナループを続けること丸１日。時刻は既に18時を回っていた。

「はぁ、はぁ。あー、さすがに疲れたぁ～～」

ポーションも５本も使っちゃったよ。

でもそのお陰でレベル10になれたから、頑張ってゴブハナループをやった甲斐があったね！

「それじゃみんな、今日の配信はここまでだよ！　試練を受けるから明日の配信はお休みだけど、金曜日からまたやっていくから、チャンネル登録と高評価よろしくねっ！」

村人Ｂ「お疲れさまでした！」
ｔｏｍｏ.77「乙～」
通りすがりのＬｖ.99「乙」
上ちゃん「お疲れぃ」
ミク＠１０１０「お疲れさん！」

そして翌日、木曜日。

私はライムスを家に残して、探索者協会東支部までやってきていた。試練は自分一人の力で乗り越えるもの。そういう指針だから、ペットは連れてこれないルールなんだ。

受付のお姉さんに用件を説明すると、すぐに担当の人が呼ばれて、私は会場まで案内してもらった。

「なんだか用意周到ですね。私が来るのが分かってたみたい」

エレベーターの中で、スキンヘッドのお兄さんに聞いてみる。

するとお兄さんは薄く微笑んで、事情を説明してくれた。

「この時期は試練を受けたがる探索者の数が急増しますからね。どこの支部も人員を増加して、事前に備えてあるんですよ。今日だって、まだ昼前だというのに既に20名もの探索者が試練を受けています。事前の申し込みを含めた場合ですと50名を超えますがね」

「へ、へぇ……」

そっか。そんなに多くの人が試練を受けるんだね。

「試練会場は地下10階、到着しましたら書類を渡されますので、必要事項を記入してください。記入が終わりましたら希望の職業別に案内されるので、指示に従うように。命令違反は即退場……そうならないように気を付けてくださいね」

うう～、そう言われると緊張しちゃうなぁ。命令違反なんてする気ないんだけど。そんな私の気持ちに構うことなく、エレベーターはぐんぐんと下がっていく。

そして。

ピコーン。

『地下10階です』

機械音声が、会場への到着を告げる。

いよいよだね。私は意を決して、会場に一歩踏み出した。


会場にはたくさんの探索者が集まっていた。

中にはどこからどう見てもＬｖ10以上って感じの人もいて、私はついつい威圧されてしまう。

体中傷だらけだったり、全身の筋肉が尋常じゃないくらいに膨れ上がっていたり、眼帯をつけていたり、鋭いオーラを放っていたり……。

とてもじゃないけどＬｖ10には見えないや。

そんな私の不安を察したのか、スキンヘッドのお兄さんが注釈してくれた。

「彼らは既に職持ちですよ。今日の目的は上級へのランクアップでしょうね」

「なるほど。上級職へのランクアップも同じ会場なんですね」

例えば戦士なら上級職は騎士、さらにその上位は聖騎士《パラディン》となっているよ。

私の場合だと、魔物使い↓魔物飼い《テイマー》↓魔物の支配者《ルーラー》って感じだね。

「そこまで緊張しなくても大丈夫ですよ。当たり前ですが、下級と上級とでは試練の内容も異なりますしね」

「そ、そうですよね、へへへ……」

そんなふうに話していると、サングラスのお兄さんが1枚の書類とペンを手渡してきた。

名前、性別、住所、電話番号、勤務先、勤務先の電話番号、希望する職業。

私はそれぞれに記入して、書類を提出した。

「希望する職業は魔物使い……間違いありませんね？」

「はっ、はい！　間違いないです」

「畏まりました。では、こちらへ」

私はスキンヘッドのお兄さんに見送られながら、グラサンのお兄さんの後を追った。そうして案内されたのは、体育館くらいの大きさの部屋だった。私の他にも10人くらいの探索者の姿があって、部屋に入るなり視線を向けられたものだからドキッとしちゃう。

「ナンバー11、それが天海様の番号になります。試練開始までは20分ほどありますので、それまでは決してトラブル等を起こさぬようにお願いします。もしなにかしらの騒ぎが生じた場合、当事者には有無を言わさず退場して頂きます。いいですね？」

「ふゃいっ、わ、分かりました！」

トラブルを起こしたら即退場かぁ。ということは、一人で黙ってるのが一番良さそうだね。面倒事に巻き込まれでもしたら最悪だし……。

私は隅っこのほうで縮こまりながら、時間が経つのを待っていた。

そんなふうにぼーっとしていると。

「なんだと、やんのかテメェッ!!」

「やれやれ、嫌になっちゃうよ。知ってるかい？　すぐに怒鳴るヤツってのはね、感情を抑制できないガキと同じなんだぜ？」

「なにっ、こ、この野郎！」

突然に大声が響き渡って、私の意識は現実に引き戻された。

「び、びっくりしたぁ」

な、なんなんだろう？　なんか、青髪の探索者と金髪の探索者が喧嘩しているけれど……。

青髪の探索者は悔しそうに両手をグーにして、目尻には涙を浮かべている。対する金髪の探索者は、高飛車な身振りで青髪の探索者を挑発している。

私はチラリと視線を向けてから、無視することに決めた。きっとあの2人は退場処分になっちゃうんだろうね。だったら、関わらないに越したことはないよ。

「ははは っ、やっぱり感情的なヤツだ。そういうヤツに限ってバカみたいにモンスターに感情移入するんだよね。キミ、モンスターが傷ついたら『大丈夫か!?』とか言っちゃうタイプだろ?」

「それのなにが悪い。モンスターは大事な仲間だ！ 傷つけられたら心配するのは当たり前だろ!?」

「やっぱりね。断言するけど、そんなんじゃ立派なテイマーにはなれないぜ？ しょうがないから僕が特別にアドバイスしてあげよう。モンスターなんてのはね、所詮はただの道具なのさ」

その言葉に私の眉間《みけん》がピクリと疼《うず》いた。正直言って、かなりムカっと来たよ。でもここは我慢。退場させられたら元も子もないからね。

「モンスターが道具？ テメェ、本気で言ってんのか!?」

「ああ、もちろん。僕はジョークが苦手でねぇ。口を突いて出る言葉は全て真実さ。あえてもう一度言おう。モンスターはただの道具でしかなく、それ以上でも以下でもない。ハッキリ言って、モンスターを道具だと割り切れないような甘ちゃんに、テイマーが務まるとは思えないね。僕から言わせれば、キミみたいなヤツに試練を受ける資格はない！ 仮に受けたとしても無様に失格するのがオチだろうし、そうなるくらいなら、自分の意志で退場したほうがまだマシなんじゃないかい?」

ダアンッ‼

「え？」

「はぇっ？」

関わらないようにしよう。聞かないようにしよう。

そう思ったのに、無視しようとすればするほど2人のやり取りが鮮明に聞こえてきて……。

気が付いた時には、私は怒りに任せて地面を殴っていた。

「ちょっと、そこの金髪頭！　君の発言はさっきから無礼だよ‼」

「おいおい、キミはなんなんだね？」

「私がなにかなんてどうでもいいよ！　そんなことより、この人に謝って‼」

私は青髪の探索者を指し示す。

すると金髪の探索者は眉をひそめて、呆れたように噴き出した。

「ははは、謝る義理なんてどこにもないね！　僕は正論しか言ってないもの」

ぐぐぐ、この金髪頭、ムカつくぅ〜〜！　今すぐにでも殴り倒してやりたい気分だよっ！

「どこが正論なのさ！　モンスターが道具だの、感情的な奴には資格がないだの、自分で退場しろだの――全部メチャクチャじゃない‼」

「私も、そう思うな」

すると、意外なことに援護が飛んできた。頭にリボンを付けた黒髪の少女がこちらへやって来て、私の隣で立ち止まり、色白な指先が金色頭を指差した。

「撤回して」

「はあ？」

「モンスターは、道具じゃない。だから撤回して」

「俺も嬢ちゃんたちに同意だな！」

さらには強そうなお兄さんまでもがこちらに加勢してくれた。

全体的に筋肉質で、髪型はモヒカンだよ。

街中でこんな人に絡まれたら泣いちゃうかもしれないけれど、味方になってくれるとすごく心強いや。

「モンスターは仲間だ。俺たち魔物使いは、モンスターと心を通わせ、絆を深め、そうやって強くなっていくのさ。だから、モンスターが道具って意見には賛同できないぜ」

「あはははははっ！　馬鹿ばっかりで笑っちゃうよ!!　しかも生意気なことに撤回しろだなんて、身のほど知らずもいいところだね。キミたちは知らないようだけど、僕は大手企業三ノ宮グループの御曹司《おんぞうし》なんだぜ？　その僕に楯突こうなんざ、１００年早――」

「いい加減に、しろ！」

ぱぁんっ!!

「え？　び、ビンタ……？　この僕を、平民が……？」

あ……。や、やっちゃった……。

一瞬の沈黙。気まずい空気が室内に流れる。打ち破ったのは、モヒカン頭のお兄さんだった。

「がわははははっ!!　嬢ちゃん、アンタ中々やるじゃないか、気に入ったぜ!!」

「うん。お姉さん、ナイスだよ。スカッとした」

すると、青髪の探索者が目をウルウルと揺らしながら、ビシッ、と頭を下げてきた。

「す、スマン!!」

「え、なっ!?　どうしてアナタが謝るんですか!?」

「だってよぅ、コイツは俺が突っかかった喧嘩だぜ？　なのに、アンタたちを巻き込んじまった！　俺のせいでアンタたちまで退場になるかもしれねぇ……。そう思うと申し訳なくてよ。せっかく擁護してくれたってのに、本当にすまねぇっ!!」

「いやいやいや！　ちょっと、頭を上げてください！　そもそも、私がムカついたからクビ突っ込んじゃったワケですし、退場処分になっても自己責任ですよ！」

「ううう、アンタ、いいヤツだなぁ～。ぐすん」

ううっ、なんて純粋な人なんだろう。

こういう時ってどうやって対応するのが正解なのか全然分からないや。

「やれやれ。人の言いつけを守らずに早速トラブルを引き起こすとは。見下げた根性ですね」

振り返ると、そこにはグラサンのお兄さんが立っていた。

グラサンをしてるから分からないけど、その声には怒りが混じっている……気がする。

私はゴクリと唾を呑んで、一歩引き下がる。

「青髪《やまもと》、金髪《さんのみや》、モヒカン《いが》、リボン《ふじみや》、そして黒髪ロング《あまみ》――お前たちは退場だ!!」

「ちょっと待って」

リボンの女の子がピシャリと言った。――しかし。

「黙れ、言い訳を聞くつもりはない。どのような事情があれトラブルはトラブル。初めに言ったはずだぞ。当事者は全員退場させるとな。さぁ、5人とも私についてこい」

取り付く島もないとは言うけど、まさにこのことだね。残念だけどルールはルール。言うことを聞くしかないみたいだね。

こうして私たちは退場処分を課され。そして部屋から退場すると。

「伊賀さん、藤宮さん、天海さん、おめでとうございます！　お三方は、第一試練合格ですっ!!」

えーと……。どーゆーコト??

私たちがぽかーんとしたまま硬直していると。

三ノ宮さんが一歩前へ出て、嬉しそうに説明を始めた。

「ふふんっ、今回の第一試練は〝人間性〟を見る試練だったというワケなのさっ」

「人間性だって？」

「ま、第一試練とは言ってもこっちのは裏ルートなんだけどな。より優秀な人材を発掘するための演技、とでも言えば納得してもらえるか？」

山本さんが、青髪をたくし上げながらニヤリと笑った。

今すぐにでも「ドッキリ大成功～っ」とか言い出しそうな感じだね。

「口を挟めば自分が不利になってしまう。そんな状況に置かれた時、ほとんどの人間は【自分には関係ないことだ】と言い聞かせ、その場をやり過ごそうとします」

グラサンのお兄さんが、三ノ宮さんと山本さんの合間を縫って私たちの前に立つ。

さっきまでの怒りを含んだ声色と違って、今のお兄さんの声はすごく優しくて、なんだか安心しちゃいそうな感じ。

「しかし、お三方はそうではなかった。トラブルを起こせば不利益を被《こうむ》るのは自分――そんな状況にも関わらず、正しい行いをしたのです」

一呼吸挟んで、お兄さんはさらに続けた。

「モンスターは道具じゃない、そうやって綺麗事を口にするのは容易《たやす》いことです。しかし、いざ行動で示すとなると難しい。思ったことを口にするだけでなく、行動で示すことができる。探索者協会はそういう優れた人材を求めているのですよ」

「なんか、回りくどいね」

「よく分からんが、俺たちがスゲーってことだろ？　がわははははっ!!」

「さて、第一次試練は人間性を見たわけなのだが。当然、実技のほうも見ておかなきゃならないよね？　というワケで、お次の試練はこいつだっ!!」

三ノ宮さんがナルシシズム全開のポージングを決めると同時に、両開きの鉄扉が開かれた。

そしてそこには……。

「こ、これって！」

思わず声が漏れてしまったけれど、それも仕方がないと思う。だってそこにはすっごく希少なレアモンスターがいたんだもの。それも1匹や2匹じゃないよ。

広大なサッカーフィールドがずーっと広がっていて、ところどころに砂地や水たまり、大岩などのギミックが設置されている。

そんなフィールドの中で、キラキラと輝く流動体が蠢《うごめ》きながら、照明を反射していた。

「アレはスライム・メタリッカじゃねーかっ!!」

「わわっ。ホンモノ、初めて見た！」

「す、すごい。本当にお宝みたいに光ってるよ、かわいい〜〜！」

スライム・メタリッカはお宝モンスターと呼ばれているよ。

お宝と言われているのは相応の理由があって、まずは見た目だね。金、銀、赤、青、紫、緑、白……。どの色のスライム・メタリッカも光沢があって、キラキラと輝いている。その見た目はまさに宝石みたい。

そしてお宝モンスターと呼ばれる理由その2は、どこを探しても全然見つからないってことだね。出会える確率が低すぎて、希少価値の高いお宝に例えられてるんだね。

そして理由その3が、経験値の高さとドロップアイテムだよ。

例えば、今の私がスライム・メタリッカ（銀）を倒せば、一気にレベルが15までは上がると思うよ。

さらにスライム・メタリッカ（金）を倒すと、多くのお金がドロップするんだ。

そういう事情があって、スライム・メタリッカはお宝モンスターなんだね。

「今からお前たちには、こいつらを捕まえてもらう！」

山本さんが、腕を組みながら高らかに宣言した。

「スライム・メタリッカは最速のスライムとして名高い。つまり〝普通に考えれば〟捕獲は不可能！　だが不可能を可能にしてこそ魔物使いというものだ。さぁ、心の準備ができた者から入場しろ！　制限時間は一人10分。それまでに捕獲できなかった場合は問答無用で失格だっ!!」

かくして実技の試練が幕を開けた。

けれど、みんな門の前で立ち止まったまま動こうとはしなかった。

そりゃそうなるよねぇ。だって、相手はあのスライム・メタリッカだよ？　スライム族最速どころか、モンスターの中でもかなり上位のスピードで、速さだけならAランクモンスターにも負けないかもと言われているよ。

そんなのを捕獲しろだなんて無理難題過ぎるよ。

ていうか山本さん「どう足掻いても捕獲は不可能!!」って言っちゃったし……。

そんなふうにウジウジしていると。

「よぉーし。ここは俺から行かせてもらうぜ！　フィールドを眺めて気付いたが、いくつか遮蔽物らしきモノが見える。おそらくはそれを上手く使えってことなんだろうな！」

「ほうっ！　まずはキミから行くのかね？　それじゃ精々頑張りたまえよ！」

「フン、言われるまでもねーぜッ!!」

伊賀さんは見た目通りパワーが強い探索者みたいだね。

砂を巻き上げたり、瓦礫を飛ばしてみたり。

そんなふうにして頑張ってモンスターを捕まえようとしていたけれど……。

ピピーーーーッ!!

無情にも、ホイッスルは10分の経過を告げた。

「はぁ、はぁ、はぁ……。ちっ、チクショーーッ！　あいつら、信じられねーくらいにすばしっこいぜ。気配を察するなり離れていくから、近づくことすらできなかったぞ！　悔しいが3カ月後の試練まで特訓だな!!」

「お兄さん、ナイスファイトだったよ」

「伊賀さん、惜しいところもいっぱいありましたよ！」

私たちが励ますと、伊賀さんは照れ臭そうに笑った。落ち込んではいないみたいだね。

「次は、私が行く」

「ほほうっ、それじゃあ行ってきたまえっ！　そしてキミの雄姿を余すことなく我々に見せてくれ！」

「リボンちゃん、頑張れっ!!」

「お姉さん、ありがとう。私、頑張るよ！」

リボンちゃんはフィールドに踏み入るなり、即座に仕掛けた。頭に着けたリボンを取り払い、それを武器のように扱って、一番近くにいたスライム・メタリッカに攻撃を繰り出す。

「えいっ！」

『ピギァッ!!』

ヴゥンッ!!

でも、攻撃は不発。スライム・メタリッカはものすごいスピードで走り去っていった。

っていうか電子音みたいの聞こえたけど。もしかしてあれ風切り音だったりする？

ヴゥンッ!!　っていうのは早すぎるでしょ。

「やぁっ！」

『ピヒャララララッ！』

ヴゥーーンッ!!

はっっや。レーシングカーが通過した時にしか聞こえない音が聞こえてきたよ。

スライム・メタリッカが速さで自滅しないのは鉄の体のお陰だっていうけれど、それにしても早すぎない？

リボンちゃんは必死になってリボンを振って、なんとかスライム・メタリッカの進行方向を制限しようと試みる。

「来た、ここ！」

リボンちゃんの予想が的中したのか、リボンを繰り出した先にスライム・メタリッカが直進してきて。

「そこだっ、頑張れっ！」

「やぁああっ!!」

あと少し――。けれどそのタイミングで。

ピピーーーーーッ!!　と笛が鳴ってしまった。

「うー、悔しい。あとちょっとのところだったのに！」

「リボンちゃん、惜しかったね！　ホントにあとちょっとだったのに！」

「悔しいけど、いい特訓になった。次の試練は、絶対に負けない！」

「さて、最後はキミだね？　ふふふ、僕のことをビンタしたのはキミが生まれて初めてだ。でもね、僕はキミを気に入っているんだ。普通はやらないようなことを勢いでやってしまう。そんな人間にこそ可能性は秘されているからね。さぁ、準備ができたら行きたまえよ。そしてキミの実力を示すんだっ!!」

なんだかすごい激励されちゃったね。

ナルシストすぎて分かりにくいけど、根は良い人なのかも？

「よぉーし、頑張るぞ！」

「お姉さん、頑張って！」

「俺たちの分までブチかましてくれッ！」

私は心強い声援を背に、フィールドへと踏み入った！

うわぁ、思ったより広いね。私は足も遅いし、普通に考えたら捕まえるなんて出来っこない。

限られた時間は10分。なにか、作戦を考えないと。

「とはいっても、そんなすぐには思い浮かばないよねぇ」

よし。まずは正攻法でやってみよう！

「おりゃぁーーーっ!!」

私は全力で一番近くのスライム・メタリッカに詰め寄る。

『ピギャッ!? ピギョェエエエッ!!』

バヒューーーンッ!!

「うっ、やっぱり早すぎるよ。こんなの本当に捕まえられるのかな？」

いや、気落ちしてても仕方がない。次はこっそりと忍び寄ってみよう。

私は息を殺し、慎重に歩を進めた。目指すは大岩。あそこに隠れて、不意を狙う作戦だよ。

「よし、ここまでは順調……」

私は大岩に身を隠し、チラリと様子を伺う。

うん、気付かれた様子はないね。ここからさらに息を殺して、慎重に近づいていけば――。

『ピギュァアアアアッッ!!』

ブォンッ!!

「……ダメだね、まるでお話にならないや」

こんなの無理ゲーじゃんかっ!!

私は目尻に涙を浮かべながら、伊賀さんとリボンちゃんのほうを見やる。

声は聞こえないけれど、2人は必死に私を応援してくれていた。

「うぅっ。そうだよね、こんなところで負けてられないよね。まだ時間は残ってるんだし。最後まで足掻いて……ん？」

その時、私はふと気付いた。そういえば山本さん、ちょっと気になる言い方をしていたよね。

こういう時、細かいことが気になる性格って不便だよねぇ。こんなことが気になっちゃって、無駄に時間がとられちゃうんだもの。

普通に考えれば捕獲は不可能！

うー、でもやっぱり気になる。なにか意味があるのかも？

さっきも退場とは言ったけど不合格とは言ってません、みたいな頓智《とんち》をやってきたからね。

普通に考えれば捕獲は不可能。っていうことは、なにか普通じゃない攻略法を見出せってことなんじゃないのかな？

「……考えられる可能性は一つだけだね」

でも、もし違ったらどうしよう。ただ不合格になっちゃうだけだよね。試練は一度受けると合否に関係なく3カ月は受けれなくなっちゃう。だから慎重にならなきゃ……。

私は1分ほど思案に耽り、そして覚悟を決めた。

「やっぱりこの方法しか思いつかないや！」

まず、フィールドの一番奥まで走る！

「よし、着いたね」

スライム・メタリッカの数はかなり多い。

だから、ここから門扉の前まで全力疾走すれば、1匹くらいはまっすぐ直進して逃げる個体が出てくるはず。ここから真っすぐ直進するということは、その進行方向には伊賀さんとリボンちゃんがいる。たぶん、そういうことなんだと思う。

捕獲は不可能。でもそれは一人なら、の話だよね。

「おりゃぁあああっ!!」

私は入口に向かって全力で走った。

そして中間地点に来たあたりで、伊賀さんとリボンさんに叫んだ。

「２人とも、準備をっ!!」

「……っ!?」

「なるほど、そういうこと。任せて、お姉さん！」

『ピギョァァアアアアッ!!』

「はぁ、はぁっ、はぁっ……！」

こんなに全力で走ったのって、いつ振りだろう？　中学の体育祭とか、それ以来かな。ああ、息が苦しい。苦しいけど、止まるわけにはいかないよ。頑張れ私。もう少し、もう少し！

「はっ、はっ、はっ……」

あとちょっと……。お願いライムス、私に力を貸してっ!!

「おりゃあああああああっ!!」

『ピグァーーーーーーッ！？！？』

「今だよっ！　伊賀さん、リボンちゃんっ!!」

私の合図を受けて、２人が構えをとる。そして――。

「……やった、捕まえた。ふふっ。捕まえたよ、お姉さん」

「う、お、おお、おおおおっ！　オイ、こっ、これは!?　これはどうなんだ!?」

ぼやける視界の中、リボンちゃんと伊賀さんの声が聞こえていた。

ふふ。リボンちゃん、捕まえてくれたんだね。

あとは、これで合ってるかどうかだけど……。

「まったく、驚かされたぜ。オイ、三ノ宮。なにか文句はあるか？」

「ふ、ふふふ。あーはっはっはっはっ！　まさかまさか。文句なんてあるわけがないだろう！」

「天海様。よくぞこの試練の本質に気が付きましたね」

グラサンのお兄さんが、仰向けの私を覗き込んできた。

「はぁ、はぁ……。細かいことが気になってしまう。私の、悪いクセです……」

私がそう言うと、グラサンのお兄さんが優しく微笑んでくれて、安心した私はゆっくりと目を瞑った。

「伊賀智則、藤宮莉音、天海最中――以上３名を、魔物使いとして正式に認定する！　おめでとう、君たちは合格だッ‼」

3章　モナカとレイドクエスト編

「では、我々はしばしば準備に当たりますので、お三方は1階ロビーにてお待ちください」

グラサンのお兄さんにそう言われて、私たちはロビーの椅子に腰かけて待機することになった。

周囲を見渡すと、同じようにソファに座っている探索者の姿が見える。

時間も時間だし、だいぶ賑わってきているね。

「いやはや、嬢ちゃんには助けられちまったな。絶対に不合格だと思ったのに、まさかあんな方法を思いつくなんてよ」

「うん、ビックリした。お姉さんがいなかったら、私もおじさんも失格だったよ。だから、ありがとう」

「俺からも礼を言わせてくれ。合格できたのは嬢ちゃんのお陰だ。ありがとうなっ！」

「えへへへ、なんだか照れちゃいますね。でも、私ひとりの力じゃ絶対に合格なんて出来なかったですよ。伊賀さんとリボンちゃん、私が呼んだ時、２人はすぐに私の意図を察してくれたじゃないですか。それがなかったら絶対に合格なんて無理でした。だから私の方こそ、ありがとうございます」

「おう！　そんじゃ、お互いにありがとうってことだな！」

そんなふうに話していると、やがて一人のお姉さんがこちらへ向かってきた。

「伊賀智則様、藤宮莉音様、天海最中様ですね？」

「はい、そうですが」

私たちはお姉さんに視線を向ける。

するとお姉さんはにこっと微笑んで、エレベーターのほうを指し示した。

「三ノ宮様より、準備が整ったとのご報告がありました。これよりお三方を儀式会場へご案内いたしますが、よろしいですね？」

儀式会場……あまり聞かない言葉だね。

儀式というからにはなんらかの儀式が行われるんだろうけど……。

「俺は準備オッケーだぜ！」

「私も。お姉さんは？」

「あっ、うん。私も大丈夫だよ！」

「では、ご案内させていただきますね」

私たちはお姉さんと一緒にエレベーターに乗り込んだ。

エレベーターはぐんぐんと昇っていって、39階で停止した。

このビルは40階建てだから、ほとんど最上階ってことになるね。なんか高いところって特別って感じがしてワクワクしちゃうよ。

エレベーターの扉が開くと、その先には大きな吹き抜けのホールが広がっていた。

全体的に真っ白で、左右両端には螺旋階段があるよ。真正面にはステンドグラスが見えるね。

それから、最奥部までの道にはレッドカーペットが敷かれていて、なんだか披露宴会場みたい。

「うおぉ、スッゲーなここ！」

「うん。なんだか、豪邸みたい」

「うわぁ。本当に豪邸って感じがするねぇ」

そんなふうに見惚《みと》れていると、右の螺旋階段から三宮さんが、左の螺旋階段から山本さんが降りてきた。

「やぁやぁ。ようこそ『神託の間』へ！」

「お前たちがこれから会うのは、探索者協会を影から支える超重要人物だ！　いいか、くれぐれも粗相《そそう》のないようにな。さ、ついてこい」

そう言うと、2人はてくてくと奥のほうに歩いていった。そして最奥部に到達すると、そこでピタリと立ち止まる。

そこには、円錐の光があった。

大理石の床には円形に楔が突き刺さっていて、その中心から青白い光が1mほど伸びている。ちょっと幻想的だね。ＳＦ映画で見るホログラフィックに似てるかも？

「これは【瞬間転送装置】と呼ばれていてな。楔ってのは地点Aと地点Bとを結ぶ効果のある代物なワケだが、それを改造したのがコイツってわけだな。口で言っても分からんだろうが、これはかなり高度なテクノロジーで運用されている」

「そしてこの【瞬間転送装置】の先に、超偉いお方がいるってワケさ。ちなみに一人ずつしか転送できないから、順番は話し合いで決めるようにねっ」

「それじゃ、誰からにしようか？」

儀式っていうのがなんなのかは分からないけれど、この先には偉い人がいるみたいだし、なにかすごいことをするんだと思う。もしくはさせられるのかな？

とにもかくにも、最初に行く人は慎重に選ばないとね。

「私は、最後でいい」

「俺も後からでいいぜ。ていうか話し合いなんてするまでもなくねーか？　普通に活躍した順でいいだろ。ＭＶＰの最中さんが1番、次にスライムを捕まえたリボンちゃんが2番。活躍できなかった俺は最後でいいぜ」

「いやいや、そういうわけにはいきませんよ！　そもそも私がＭＶＰだなんて、そんなこと――」

「いや、お姉さんはＭＶＰだよ。これは譲れない」

とまぁこんな具合で、私が第一陣を切ることになったよ。なんか体良く言い包められた感が拭えないんだけど、たぶん気のせいだよね？　うん。気のせいってことにしておこう。

円柱の光に踏み込むと、ほわあ～と暖かい空気が包んでくれる。

そして少しずつ、まるで、テレビの砂嵐に徐々に侵食されるかのように、目の前の光景が変化していった。


「よく来たな、天海最中」

気が付くと、目の前にすっっっごく美人なお姉さんがいたよ。

腰まで伸びる黒に近い濃紺色のきれいな髪、反対に、ワンピースから伸びる素肌は幽霊のように真っ白。そして、蒼空を思わせる双眸が私のことをまっすぐに見据えていた。

まるで、御伽噺の中に出てきそうな……。まるで女神さまのような。目の前のお姉さんは、それほどまでの美貌を放っていて。私はつい、うっとりと見惚れてしまう。

「天海最中。そこを動くなよ」

「あっ、ハイ！」

お姉さんの華奢で綺麗な指先がこちらに伸びてきて、そして、私の頬をさっと撫でた――次の瞬間。私の全身から青白い光が溢れ出して、止まらなくなった。

「ふむ。お前のスキルは【万物寵愛】か。魔物の支配者を目指すのならこれほど適したスキルはないだろう。――クク、しかもお前、既に半覚醒しているな？　これは面白い。お前の才能なら……そうだな。ひょっとしたら纏のヤツに届き得るかもしれんな。精々修行を怠るなよ」

そう言うと、お姉さんは右手をさっと振り払う。

そして一瞬の瞬きの後、私はさっきの吹き抜けのホールに戻ってきていた。


私が戻ってくると、伊賀さんとリボンちゃんがこちらに向かってきて、いろいろと質問を投げかけてくる。

「おい嬢ちゃん、どうだった？！　この先になにがあったんだ？　どんなことをされた？」

「偉い人、どんな感じだった？　男の人？　女の人？　そもそも顔は見せてくれたの？」

「え、えーっとね……」

うーん、こういう時ってなにから話すのが正解なんだろう？

私が答え倦ねていると。

「はいはい2人とも落ち着いて。わざわざ彼女に訊ねなくとも、自分の目で確かめてくればいいじゃないか」

三ノ宮さんに促される形で、次はリボンちゃんが円錐に踏み入り、そしてパッ！　と消えた。

「うわぁ、本当に消えちゃったよ。私のこともあんなふうに見えてたんだね」

「逆に、消える時はどんな感じだったんだ？」

「うーんと、なんか視界がテレビの砂嵐になるみたいな？　そんな感じでした」

「へえ。なんか面白そうだなっ！」

それから1分と経たずに、リボンちゃんが戻ってきたよ。

リボンちゃんは頬を紅潮させて、ちょっと興奮気味。

「す、すごかった！　なんか、温かくて青い光に包まれて。それに、あのお姉さんすっっごく美人だった！」

「うんうん、あのお姉さんビックリするくらい美人だったよね！」

私とリボンちゃんが意気投合する横で、伊賀さんが露骨に嬉しそうな顔をする。

やっぱり男の人って美人さんが好きなのかな？　いやまぁ、私も美人さんは好きだけどさ。

「へっへっへ、2人がそこまで言うならさぞかし素晴らしいご尊顔の持ち主なんだろうな！　こいつは楽しみだぜ！」

「楽しみにするのはいいが、変な気だけは起こすなよ？　命の保証はできないからな」

山本さんがピシャリと言うと、伊賀さんは目に見えて顔を青くした。

「そんなおっかねえこと言わないでくれよぉ」

「安心しろ。黙ってさえいればおっかない目に遭うこともない」

こうして伊賀さんも円錐の光に飲み込まれ、パッ！　と消えていった。

リボンちゃん同様、伊賀さんが戻ってくるのにも1分とかからなかったよ。

戻ってきた伊賀さんはリボンちゃんよりも顔が赤くなっていて、あまりにも分かりやすい反応をするものだから、私もリボンちゃんも笑ってしまった。

「ふぅ。なんつーかアレだな。これぞまさに神秘的な体験ってヤツだな！　話には聞いていたが、まさかこんな方法でスキルが芽生えるとは思いもしなかったぜ！」

「その表現はちょっと間違いだな」

青髪をたくし上げながら、山本さんが伊賀さんを見据える。

「ダンジョンが出現してから、人類にはレベルやらスキルやらとゲーム的な異能が与えられたわけだが、異能ってのは誰もが生まれながらに持っているものだ」

「そのとーりっ！　赤ん坊だろうと小学生だろうと大人だろうと関係ない。スキルってのは初めからそこに芽生えているものなのさっ」

「とはいえ、あくまでも芽が生えているだけにすぎん。……あのお方はこの世界でも数少ない【神眼】の持ち主でな。その神眼があればこそ、スキルの芽を知覚することができるんだ。スキルの芽――つまりは魂の核となる部分に魔力を流し込み、生命エネルギーを与えることで芽を開花させる。それがあのお方の仕事だ」

うう、ちょっと難しいね。でも、あのお姉さんが超重要人物って言われる理由は分かったよ。人に芽生えたスキルを引き起こす。そんなことが出来る人がいたら、そりゃあ引く手あまたに決まってるもんね。

かくして、私たちはスキルという異能を扱えるようになった。

これにて試練は終了だね。となれば、やることは一つ。

というわけで私は、ライムスを連れて市営プールにやってきた！

「ライムス、泳ぐよっ!!」

『ぴきゅいぃっ!!』

◇◆◇◆◇

あの後、私たち3人は一階ロビーで連絡先を交換した。こうして出会えたのもなにかの縁だし、このまま別れるのは惜しいよね。３人ともそう思っていたから、連絡先を交換したよ。

「近いうちに祝勝会でもしようや！　いや、この場合は合格祝いのほうが正しいのか？」

「どっちでもいいけど、みんなで飲みにいくのは賛成」

「いいねいいねっ、私も大賛成だよ！　せっかくのゴールデンウィークなんだし、楽しまなきゃ損だよ！」

そして私たちは連絡先を交換して、その場で解散したよ。あとで伊賀さんが連絡をくれるっていうから、楽しみだね。


帰宅すると、ばひゅーんっ！　とライムスが突っ込んできて、私のことを出迎えてくれた。

「ふふっ、ただいまぁ」

『ぴきゅいっ!!』

ライムスを置いて行く時は大抵仕事だから、こうやって早く帰って来てくれるのが嬉しいみたいだね。ライムスはフローリングや壁に跳弾して、すごい勢いで飛び跳ねている。これも喜びの舞だね。

「あははっ！　ライムスったら、そんなに嬉しいの？」

『きゅぴぃーーっ!!』

「よぉーし、それじゃあもっと嬉しいお知らせをしちゃおうかな？」

私がもったいぶるように言うと、ライムスはその場で静止して私を見上げた。

『ぴぃ？』

「ライムスに嬉しいお知らせが２つあります！　まず一つ目。今日受けてきた〝魔物使いの試練〟ですが、なんとなんと、無事合格することができました！　やったーっ!!」

『きゅぃーーっ!!』

ぱちぱちと手を叩くと、嬉しさが伝わったのか、ライムスはその場でぴょんぴょんと飛び跳ねていた。あーもう、ライムスってば、なんでこんなにかわいいんだろうね？

かわいすぎる罪で逮捕しちゃうぞー！　とまぁ、冗談はさて置き。

「そして嬉しいお知らせ２つ目。これからプールで遊びますっ!!」

『ぴ……ぴきぃーーーっ!!』

プールという言葉に反応して、ライムスがぐるぐると回転した。

凄まじい喜びの舞だねっ、ライムス！

「ふふっ、スライムは水辺が大好きだもんね？」

『ぴきぃっ！』

とまぁこんな具合で、私はライムスを引き連れて市営プールにやってきたよ。もちろんこのプールはペットモンスターも遊泳オッケー。

ここのプールなら、ライムスも思う存分に遊べるってことだね！

「ライムス、泳ぐよっ!!」

『ぴきゅいぃっ!!』

私は手短にストレッチを済ませると、ライムスを抱えてプールに入水した。既に気温は20度を超えていて、ひんやりとした水がちょうどいい具合に体を冷やしてくれる。

ライムスは、温泉の時と同じように、平べったくなりながらぷかぷかと浮いていたよ。そんなライムスの姿も、やっぱりかわいいね。

私とライムスはしばらくは普通のプールで遊んで、そのあとは流水プールやウォータースライダーを楽しんだよ。ライムスの一番のお気に入りは流水プールみたいだね。

ぷかぷかと浮かびながらゆっくりと流されていくのが気持ち良いみたい。そうやって流されていると、２人の男の子が水鉄砲をして遊んでいるのが見えた。するとライムスは２人を真似して、口からぴゅーっ！　と水鉄砲を繰り出した。

「うわっ！　ビックリしたぁ～。ライムス、水鉄砲なんて覚えたんだね！」

『ぴきゅきゅっ！』

ライムスは一生懸命に水鉄砲を繰り出して、私が褒めてあげると、少しずつ上手になっていったよ。最終的には1ｍくらい水鉄砲を飛ばしていて、周りの人からも褒められていて、すごく嬉しそうだった。

ライムスの意外な才能が見られて私も鼻が高いよ。やっぱり家族が褒められると嬉しいよね！

プールで遊んだあとはシャワーを浴びて、フードコートにやってきたよ。

「私は温かい蕎麦でしょ。ライムスは？」

私がメニューを指差していくと、ライムスは揚げパンのところで鳴いたよ。

「揚げパンだね？」

『ぴきゅっ！』

「うん、分かったよ」


「いただきまぁ～す！」

『きゅぴーっ‼』

今日は試練があってお昼ご飯を食べてこなかったから、大盛りの蕎麦を頼んだよ。

ライムスのお昼もお預けだったから、揚げパンも2人前。

ライムスは揚げパンを頬張ると、ぷるぷると弾んで喜んでいた。両頬が揺れていて、本当にほっぺが落ちちゃうんじゃないか心配になるくらいだったよ。

「どーお？　美味しい？」

『きゅぴぃ～！』

「はい、蕎麦も一口食べていいよ！　あ～～ん」

『きゅりぅ～～っ！』

あ～んしてあげると、ライムスは美味しそうに蕎麦を食べてぷるぷると揺れる。

やっぱり一人で食べるより、こうやって家族と食べるのが美味しいよね。

食事を終えると、時刻は16時を回っていた。

私とライムスはご馳走様をして、市営プールを後にした。

◇◆◇◆◇

帰宅してすぐに、私のスマホがぴこん！　と通知を受け取った。

見てみると、伊賀さんからだったよ。


伊賀「よぉ嬢ちゃん！　リボンちゃんにも連絡したんだが、明日にでも合格祝いしないか？　せっかくなら早いうちがいいと思ってな。いろいろと調べてみたら良さげな店も見つけたし、どうだい？」
モナカ「明日ですね、分かりました。後でお店の住所送ってください！」
伊賀「オッケー、分かったぜ！　それと明日なんだが、俺もリボンちゃんもペットのモンスターを連れて行こうと思うんだ。というのもな、なんと俺たち、初めてのテイムに成功したんだよ！　やっぱり魔物使いになった効果が出てるのかもしれないな！」
モナカ「テイムに成功したんですか⁉　おめでとうございます！　そういうことなら、私もペットのモンスター連れていきますね！　皆さんに会えるのを楽しみに待っています！」
伊賀「おうよっ！　俺も楽しみにしているぞっ！」

連絡が終わった後、私はライムスをじぃ～っと見つめた。

『ぴきゅう？』

ライムスは頭上にクエスチョンマークを浮かべながら、私のことを見上げていた。

「そういえば、まだテイムを試してなかったよね」

テイム——それは、モンスターとの絆を深めるために必須とされているよ。モンスターに向けて手を翳して「テイム！」と詠唱《えいしょう》する。そうすることで、モンスターをテイムできる。

テイムの成功率は魔物使いとモンスターとの力量差に依存すると言われていて、つまり、魔物使いが強ければ強いほどテイムは成功しやすくなるっていうことだね。

「ライムス、ちょっとそこを動かないでおいてね？」

『きゅい？』

私はライムスに向けて手を翳すと。

「テイムっ！」

『きゅっ、きゅいぃ⁇』

私が詠唱すると、ライムスの全身が青白く光り輝いた。

ぽわぁぁあああ……。

そして青白い光は少しずつ強くなっていき――。

『ぴっ！　ぴきゅぅ、ぴきゅいぃっ‼』

「わわっ、ライムス？　どうしちゃったの⁉」

『ぴきーーっ‼』

するといきなり、ライムスが大騒ぎを始めたよ。

なんだろう？

一生懸命にぽよんぽよんと飛び跳ねているのはかわいいけれど……。もしかして痛かったのかな？　テイムの時にモンスターに痛みが出るなんてことは聞いたことがないけれど。

それとも青白い光が嫌なのかな？　確かにちょっと眩しいもんね。

そんなふうに考えていると、ライムスが嬉しそうな声で鳴いてきたよ。

『ぷゆーっ！』

「ん、抱っこしてほしいの？」

『ぷゆゆいっ‼』

「うん、分かったよ」

要望に応えて腕を広げてあげると、嬉しそうにライムスが飛び込んできた。

そしてその時になって私は気付いた。

「アレ、これって……？」

ライムスの背中に、見覚えのある紋様が刻まれている。小さくて注視しなきゃ分かりにくいけど……うん、間違いないね。これはテイム紋だよ！

つまりテイムが成功したってことだね！

「やった……。やったよライムス！　テイムが成功してるよっ！」

『ぷゆゆーーっ‼』

「そっか。ライムスは紋様を見て欲しかったんだね？　ふふっ、やったねえライムス。これで私たちもっともーっと仲良くなれるんだよ？」

『ぴきゅぅっ！』

私はライムスを優しく抱きしめた。ぷるぷるで、ひやっとしてて、丸くてかわいいライムス。

私の大事な大事な家族。

「ライムス、これからもよろしくね！」

私の言葉に、ライムスは元気いっぱいの返事をくれた。

◇◆◇◆◇

「おうーい、こっちだこっちー！」

翌日18時。私とライムスは3駅先の繁華街までやってきたよ。

駅を降りてから位置情報に従って歩くこと数分。スクランブル交差点に差しかかったタイミングで聞き覚えのある声が飛んできた。

私はライムスを連れて、2人のほうに駆けていく。

「伊賀さーん、リボンちゃーん！」

今日の伊賀さんは半袖の革ジャンにジーパン、さらにはサングラスという格好で、モヒカンヘアーと相まってどことなく世紀末感を醸《かも》し出していた。

うん、やっぱり伊賀さんは厳ついね。試練の時に加勢してくれたから優しい人だって分かるけど、これが初めましてだったら、ちょっと避けちゃうかもしれないね……。

リボンちゃんはツインテールがかわいいね。衣装はオーバーサイズのスウェットとチェック柄のスカートという組み合わせで、かわいらしさを強調した出で立ちがとても良く似合っているよ。

対する私は、例のごとくの白シャツとジーパン。他にも服はあるんだけど、どうしてもこの組み合わせが一番落ち着くんだよねぇ。

「こんばんは、お姉さん。お姉さんのペット、スライムなんだね。ふふ、かわいい子」

『ぴゅぅっ！』

ライムスが元気いっぱいに挨拶すると、リボンちゃんに抱かれて丸くなっていたイタチのモンスターが身を乗り出して。

『キキッ！』

『ぴゆぴゆ』

『チーッ！』

『ぴーっ！』

「リボンちゃんはカマイタチをペットにしてるんだね。ふふ、イタチモンスターってもふもふしてかわいいよねぇ」

カマイタチはもふもふの尻尾がかわいいモンスターだよ。でも見た目に惑わされたらいけないね。ダンジョンに出現するカマイタチは素早さもあるし、噛みつき攻撃や引っ掻き攻撃も強い。それに、たまに毒状態にされちゃうしね。

そして一番の必殺技が中級魔法のウィンド・カッター。

尻尾を振って、風の刃を飛ばす魔法だよ。風属性攻撃は目に見えないものが多くて、避けるのが難しいと言われているから、苦戦する探索者も多いんだ。

「もふもふに、ぷよぷよ。そして――」

「俺のペットモンスターはコイツ、コドモドラだ！」

「伊賀さんすごいっ！　ドラゴン族モンスターをペットにしてるだなんて！」

「私も、最初見た時は、ビックリしちゃった！」

「がわははははっ、どうだ、格好良いだろう⁉　ま、まだまだひよっこのドラちゃんなもんで、強さはEランクに届くかどうかってとこだがなっ！」

コドモドラはドラゴン族の中では最弱と言われているけれど、そもそもドラゴン族って時点で強いんだよねぇ。

攻撃防御、飛行能力に火炎放射攻撃。牙も爪も表皮も硬くて頑強。初心者テイマーにとっては心強い味方と言われているよ。それだけに、テイムするのにはちょっと苦労するけどね。

『がうがうっ！　がおーーっ!!』

『キーッ！』

『ぴゅぅーっ！』

「わわ！　なんか、もう仲良くなってる？」

「ふふっ、ライムスってば友達が出来て嬉しそうだよ」

「俺のドラ吉も大喜びだな！」

「カマちょも楽しそう……」

モンスターの顔合わせもほどほどに、私たちは予約していた居酒屋にやってきたよ。ゴールデンウィーク真っ只中、しかも時刻は18時。当たり前だけど店内は大盛り上がりで、店員さんたちはあっち行ったりこっち行ったりと忙しそうにしているね。

「3名様でご予約の伊賀様ですね？　ペットのモンスターは1時間1000円でお預かりできますが、いかがなさいますか？」

「俺は預けとくぜ。なんたってドラ吉のヤツ、人の酒を飲みたがるからな。しかも酔っぱらったら火を吐くこともあるし、大変なんだ」

「カマちょも預けとく。お肉が出てきたら、がっついちゃうの」

「ライムスはどうする？　私と一緒に来る？　それとも友達と遊ぶ？」

私が聞くと、ライムスはぷゆ～と横に伸びたよ。

これは悩んでる時の仕草だね。私と一緒に来たいっていう気持ちと、新しいお友達と一緒に遊びたいっていう気持ちがぶつかり合ってるみたいだね。

『きゅぴーっ！』

「そっかそっか、分かったよ」

ライムスは新しいお友達と遊びたいみたいだね。ま、私とはいつでも一緒にいられるもんね。

「それじゃ、ライムスも預けます」

「畏まりました。ではペットのモンスター３匹、責任をもってお預かりいたします」

３匹を預けた後、私たちは店員さんに案内されてボックス席にやって来たよ。注文はもちろん生ビール！　それと、伊賀さんのオススメで焼き鳥（タレ）も３つ注文したよ。

「ここの焼き鳥は肉が大きくて人気らしいぞ。しかも超柔らかくてアツアツだってな！　ビールのお供としちゃサイコーだと思わねえか？　ま、肉がデカすぎてすぐに腹いっぱいになっちまうらしいけどな！」

「うう、楽しみ！」

「私も楽しみですっ！　ていうか全商品３００円ってすごい安いですよね。ビックリしちゃいましたよ」

「あまり値段気にしなくていいの、助かっちゃう」

「美味い安いだけじゃねぇ。メニューが届くのも早いらしいぞ！」

そんなふうに話していると、本当にすぐにメニューがやって来たよ。

「そんじゃま、試練合格をお祝いして――」

「「乾杯!!」」

まずはビールを一口！　うん、やっぱりサイコーだねっ！

勝利の美酒っていうとちょっと違うかもしれないけど、試練に受かって飲むお酒ってこんなに美味しいんだね。そして焼き鳥だけど、思ってた以上に大きくてビックリしちゃったよ。

これ、一口で食べれるかな？

「いただきまーす。はむっ！」

うっ、うんまぁ～～～っ!!

伊賀さんが言ってたとおり、いや、それ以上かも？　柔らかいお肉が口の中でとろけて、油と旨味がじゅわぁ～と広がっていくのが分かる。火の通り加減もパーフェクト！

アツアツのお肉とシャキシャキのネギは相性抜群で、あっという間に一本平らげちゃったよ。

「あー、サイコーに美味ぇ～！　どうだい嬢ちゃんたち。堪らねぇだろ？」

「うん。ホントに、サイコーだよ！」

「こんなに美味しいお店があったなんて、もっと早く知りたかったくらいです。美味しすぎて常連さんになっちゃうかも？」

「がわははははっ！　喜んでもらえて嬉しいぜ。苦労して探した甲斐があったってなもんよ！」

一皿食べ終えると、私はさらに追加で２皿注文したよ。それにしてもホントに美味しいね、このお肉。こんなに美味しいのを知っちゃったら他のお肉じゃ満足できなくなっちゃうかも？

それからも私たちは談笑を交えながら食事を楽しんだ。


家に帰ると、私は手短にシャワーを済ませて床に就いた。ゴールデンウィークは残り２日。明日明後日はダンジョン配信だね。

「また明日からお掃除だよ。頑張ろうね、ライムス」

私が声をかけると、ライムスは返事とも寝息ともつかない小声を漏らした。


翌朝。私は例のごとく息苦しさとぽよぽよ感を感じて目を覚ました。

『ぴゆぅーっ！』

「ふあぁ。ライムス、おはよー」

『ぷきゅっ』

「うんうん、分かってるよ。すぐ行くから」

『ぴゅー』

私を起こすと、ライムスはぽよんぽよんと部屋を出て、居間に向かっていった。

私は身を起こして布団を整えて、居間に向かった。カーテンを開けると陽光が差し込んできて、今日も1日の始まりを感じるね。それにしてもここ最近はいい天気が続くね。お陰で朝からいい気分だよ。

『ぷぃーーっ』

「うん、今、朝ごはん作ってあげるからね」

今日のライムスはちょっとお腹が空いてるみたいだね。私はトーストとコーヒー、ライムスはシリアルと牛乳、それから冷蔵庫の野菜室からバナナを取り出して、それをカットしてあげたよ。

「それじゃ、いただきます！」

『きゅぴーっ！』

今日は、朝ごはんを食べたら軽くお散歩でもしようかな。こんなに天気が良いんだし、ダンジョン配信は10時からでもいいよね。そんなことを考えながら朝食を摂りつつ、スマホを弄る。

すると、ぴこんっ！　とメールを受け取った。

しかも送信者名は『探索者協会・本部』とある。

「ん、なんだろ？」

えーと、どれどれ？

※探索者協会・本部より緊急レイド開催のお知らせ※
本日12時30分より指定番号１６７ホールにてEランクレイドを開催します。
場所：東京都豊島区東池袋３丁目
推奨レベル：10〜
参加上限：50人
報酬：参加者１名につき３万円。
　：ボスの討伐者に50万円。
　：討伐支援者に５万円。
レイドリーダー：結城総一郎　ランクC：レベル43
サブリーダー　：池田楓　ランクD：レベル30
依頼内容：回避行動・隠密行動に長けた徘徊型のダンジョン・ボス：『ゴブリン・アサシ

ン』の討伐。
概要：ダンジョンが出現してから間もなく28日が経過します。ダンジョン・ブレイクの兆候を観測したため、迅速な討伐を求む。当ダンジョンにはボスフロアがなく、地形は洞窟型。『ゴブリン・アサシン』は最深部、第4層にて潜伏中。

「うわあ、すごいねこれ」

探索者協会が本気になってるよ。EランクのダンジョンにCランクとDランクの探索者を向かわせるなんてタダ事じゃない。しかも参加者上限50人⁉　すっごい大型レイドだね！

でも、焦るのも無理はないよね。だって、ダンジョン・ブレイクの兆候が見えてるんだもの。

ダンジョン・ブレイク。

それは極甚災厄《ごくじんさいやく》に指定されているよ。通常のダンジョンは、ボスを倒すことで消滅する。でも、ボスを残したまま時間が経つと、ダンジョン内に魔力が充満しちゃうんだって。ダンジョン内に溜まった魔力は少しずつ濃くなって、凝縮されて、圧縮されて――やがて限界を迎えると、文字通りの大爆発を起こすらしい。その際のエネルギーは甚大で、文字どおり、ダンジョンをブレイク……つまりは崩壊させるほどだと言われているよ。

ダンジョンが崩壊すると大量のモンスターがこっちの世界に流れ込んできて、大パニックになる。みんながみんな戦えるわけじゃないし、こっちにはインフラ設備とかもあるからね。そういうわけだから、ダンジョン・ブレイクは絶対に起こしちゃいけないって言われている。

最後に起きたのは8年前、場所は愛知県の知多市。

被害は甚大で、未だに立ち入り禁止が解除されてない区域もあるよ。

「東池袋3丁目。そんなに遠くないよね」

私はまだFランクだし、Cランクの人と探索できる機会なんてそうそうない。もしかしたらこれはすごいチャンスなのでは？　CランクとDランクの探索者。自分より強い人の戦い方を近くで見ておくっていうのは、すごく貴重な経験になる気がするな。

「よし決めたっ！　今日はこのレイドクエストに参加しよう。ダンジョン配信はお休みだね」

『ぷゆい？』

「ライムス、今日はEランクのレイドを受けるよ！　参加するだけで3万円ももらえるし、活躍次第ではもっと稼げるかもね。なにより、ランクの高い探索者が来てくれるんだ。こんな絶好のチャンス、逃したらもったいないよ！」

指定番号167ホールは東池袋中央公園の北側入り口に出現したらしく、公園は丸ごと封鎖されていた。ぐるりと規制線が張られていて、監視員さんが忙しそうに誘導をしている。

道路に半分はみ出る形で出現していて、通行止めにされている箇所もあったよ。

探索者であることを説明すると、警備員さんは快く公園に入れてくれた。

公園内には多くの探索者の姿があって、ちょっと驚いちゃう。ライムスも心なしかソワソワしているよ。

時刻は11時46分。もう間もなく、レイドリーダーの結城さんから説明があるらしいね。私は近くのベンチに座って、待つことにした。

それから5分後。時刻が50分を回った頃。

キーーン、と耳鳴りみたいな音が聞こえて、それから男の人の低い声が喋り始めた。

「えー、皆さんこんにちは。私は今回のレイドクエストでリーダーを担当する結城総一郎と申します。ざっと見た感じですが、既に百人以上は集まっていそうですね。この分だと抽選になるでしょうから、参加希望者の方は今朝のメールに返信しておいてください。――えー、では本題に入ります。まず今回のレイドですが、メールにも記載されているとおり【緊急】のクエストとなっております。皆さんから見て左手側……あのホールはあと2日か3日でブレイクするでしょう。ダンジョン・ブレイクが起これればどんな惨状が招かれるのか、それは誰もが知っているはずです。なんとしてでもダンジョン・ブレイクを阻止する。それが我々の役目になります。Eランクダンジョンだからと油断せず、気を引き締めていきましょうっ！」

結城さんの話が終わってから20分後には、探索者協会からのメールが届いて、抽選結果が発表されたよ。

私はドキドキしながらメールを開く。するとそこには――。

探索者名：天海最中
抽選結果：当たり
ナンバー：36

「わっ、や、やった！　やったよライムス、当たったよ！　レイドクエストに参加できるよ！やったあっ！」

嬉しさの余りライムスを抱きしめると、ライムスはぺろぺろとほっぺを舐めてくれた。

ちょっと冷たくてくすぐったいけど、ちっちゃい舌がかわいいんだよねぇ。

「ライムス、少しでも貢献できるように頑張ろうね！」

『ぷゆっ！』

「これより、緊急レイドの作戦を通達する！」

今話してるのは池田さんだね。

サラサラとした黒い長髪で、衣服はチャイナドレス。めちゃくちゃスタイルが良いから、すごく似合っているよ。あのチャイナドレスは攻撃力と素早さを上げてくれる装備品なんだって。

ちょっと調べてみたけど、池田さんは肉弾戦が得意みたいだね。アクション俳優みたいに、カンフースタイルで戦うらしいよ。

「本来、レイドクエストでのダンジョン配信は控えたほうがいいと言われている。なぜなら、討伐隊の連携に支障が生じるからだ。しかし、今回は積極的に配信活動を行ってほしい。そのために必要な機材は全て用意してある！」

すると、一人の探索者が手を上げた。

「あの、どうして配信を行う必要があるのですか？　いま池田さんが言ったとおり、レイドクエストでのダンジョン配信は危険だと思いますが」

「理由は単純だ。今回のターゲット『ゴブリン・アサシン』。ヤツは隠密行動と回避行動を得意としている。であれば『目』は多いに越したことはないだろう？」

なるほど。そういうことなら、確かに理に適ってるよね。

「そういうことでしたら納得です！　ご回答感謝しますっ！」

「よろしい。では続きだ。我々はダンジョン配信を行いながら、１フロアの踏破に5～10分かける予定だ。当初、雑魚は無視して一気に最下層まで突っ切る予定だったが、それでは諸君の実力が見えてこない。それに視聴者も集まらないだろうしな。――レベルというのはあくまで指標でしかない。センスのある者ならばレベル10でも格上を倒すし、逆に、レベルが20を超えているにも関わらず格下に負ける者もいる。1層から3層までで諸君らの実力を見極め、適切なチームを4～5組編成、最下層にて『ゴブリン・アサシン』を叩く。いいな！」

こうして。私の人生初のレイドクエストが、幕を開ける！

◇◆◇◆◇

「えー、というわけで、今日はレイドクエストに来てます！　ねぇみんな見てよ、こんなに多くの探索者がいるんだよ？　すごくない⁉」

ホールに潜る前、私たちには小型の物体が渡されたよ。触った感じ、それは鉄っぽくて、重量感もある。見た目は完全にトンボだね。虫のトンボ。あれをそのままフィギュアにしたみたいなのが与えられた。

結城さんが言うには、それは超高性能のダンジョンカメラなんだって！

実際、スマホを設定すると同期させることができたよ。超小型で精密な行動ができるうえ、防御性能も高く、飛行能力も一級品。しかも声紋認証で声を登録すると、その声を集音して拡散するのを防いでくれるんだって。どういうことかというと、洞窟なのに声が響かない！

環境に左右されることなく常に一定の配信をお届けできるということで、上級探索者からは大人気なんだとか。直接的な攻撃性能はないけど、モンスターだけに効果がある催涙《さいるい》ガスを出したり、刺激臭を発したりもできるらしいよ。

そして一番の特徴が、サーモグラフィカメラが搭載された眼球部分。通称、サーモ・アイズ。この眼にかかれば『ゴブリン・アサシン』の隠密行動もお見通しってわけだね！

tomo.77「こんにちは〜。レイドクエストはやっぱ人多いなぁ」
ミク@1010「タグにレイド付いててビックリしたけどEランクか、ちょっと安心(笑)」
たなか家の長男「おー、今日はレイドか」
らんまる「初見です。レイドタグ付いてたので来てみました」
ジョン「急にレイド配信増えたと思ったらブレイク近いのか」
ぱる「初見です。レイド楽しみ！」
ミク@1010「レイド配信はわちゃわちゃするから面白いよね」

上ちゃん「来たよ～。獲物の取り合い見れるかな。アレおもろいんよね」
No.13「これって指定番号167ホールだよね？　東池袋の。ブレイク近いって言うしちょっと心配だなぁ」

「確かに初めてのレイドだしちょっと不安だけど大丈夫！　こんなにいっぱい探索者がいるし、リーダーはC級だもん。それに、私にはライムスがいるからね。ねー？」

『ぴきゅいっ‼』

「下層に続くホールを発見しました！　距離にしておよそ1㎞。ま、視聴者が増えるまでの時間も必要ですし、のんびり行きましょう。……っと、早速モンスターの群れが出たようですね。さぁ、皆さんの力を存分に示してくださいッ‼」

結城さんの号令を受けて、私たちは一斉に臨戦態勢に入った。

「行くよライムス！」

『きゅぴぃーーっ‼』

現れたのは、ゴブリン・アイスやゴブリン・ファイア、ゴブリン・ロックにゴブリン・ナイトにゴブリン・ガードナー。ここはたくさんのゴブリンが出るエリアみたいだね。

「ライムス、炎のゴブリンと氷のゴブリンを狙っていくよ！」

『ぴきぃっ!!』

ゴブリン・ファイアとゴブリン・アイスは魔法を使うゴブリンだよ。魔法攻撃はちょっと怖いから、早いうちに倒しておきたいよね。それに、私の武器は鉄の棒。近接が得意なゴブリン・ナイトや、防御の高いゴブリン・ロック、ゴブリン・ガードナーと戦うのは得策じゃないから。ああいうのは魔法が苦手だから、魔法が使える人に任せればいいよね。

「てやーっ!」

私が鉄の棒を振りかぶると、ゴブリン・ファイアは詠唱を止めて、樫の杖で防御態勢を取った。やっぱり魔法を使うゴブリンはちょっと臆病みたいだね。

ドガッ!

『ゴブゥッ!』

「えい、もう一発!」

ゴン!

『グバァーーッ!!』

私が2回攻撃すると、ゴブリン・ファイアは煙になって消えたよ。

「よし、まずは一匹!」

ガッツポーズの傍ら、ライムスの様子を見てみると。

『きゅぴぴゅい〜〜っ!!』

ドドドドッッ!!

『ゴブァッ!!』

『ゴブヒェ〜〜!』

『オイワ〜ッ!』

ぽふんっ!

ぽふんっ!

ぽふんっ!

「わわ、ライムスすごいね! 体当たり攻撃で3匹も倒しちゃったよ!」

『きゅゆいっ!』

「そっか、テイムのお陰で力が上がったんだね! よ〜し、この調子でドンドン貢献するよ!」

『ぴき〜〜っ!』

それからも私とライムスは他の探索者と競うようにモンスターをやっつけて、次々と功績を上げていったよ。

ダンジョンに潜ってから約10分後。私たち探索者は、2層へ続くホールの前までやってきた。

そして、いよいよ2層に潜ろうかという時になって。

「そこの君、ちょっといいかな？」

フードを深く被った探索者が、私のほうにやってきた。

「え？　私ですか？」

「うん。ちょっと気になることがあってね。２層からは一緒に行動してくれないかな？」

「気になること？」

するとフードの探索者は声を小さくして、ヒソヒソ声で耳打ちしてきたよ。

「最近、魔喰いスライムっていうのがウワサになってるんだけど、心当たりとかない？」

「まぐいスライム？」

まぐいって、なんだろう。

「なんでも、そのスライムは魔物を食べてしまうらしくてね。情報によると、イレギュラーを捕食したんじゃないかって疑惑もあるらしいよ。でもそんなのっておかしいでしょう？　だってスライムといったら最弱の魔物って言われているんだもの。そんなのがイレギュラーを食べちゃうなんて、私にはちょっと信じられない」

あ、まぐいは魔喰いってことみたいだね。確かに、スライムって一番弱いモンスターだもんねぇ。それなのに他のモンスターを食べちゃうのはちょっと怖いかも？

私は想像してみる。目の前に出現したスライムが他のモンスターに襲いかかる姿を。

うん、やっぱりちょっと怖い。ライムスは家族だから怖くないけど、野生スライムとなると、一線を引いてしまうよね。そもそもモンスター同士って戦ったりするの？　そういうのってあんまり聞かないけど。

なんて考えごとをしていると、前に居た探索者が次々とホールを潜っていく。

「あっ、私たちも行かないと」

私たちも置いて行かれないようにホールを潜った。

第2層も、第1層と同じような天井の高い洞窟が続いていたよ。

「このかわい子ちゃん、君のペットだね？　スライムにしては強かったけど、もしかしてこの子がウワサの……」

『ぴきゅい？』

「いやいや、それはあり得ないよ。だって私もライムスもイレギュラーに遭ったことすらないからね」

「だよねぇ。へへ、ごめんね？　お金に目が眩んで失礼なこと言っちゃったかも」

お金に目が眩んで？　どういうこと？

「あ、ごめんごめん、勝手に話を進めちゃったね。実はいま、とあるサイトで情報提供を呼びかける声が上がってるんだ。それが魔喰いスライムのことだね。なんと、見つけた人には報酬

１０００万だって！

　わおっ、１０００万!?

「それは舞い上がっちゃうね。ツチノコ探しみたいで面白そう！」

「でしょー？　ま、所詮はウワサだし、真に受けてる人なんて殆どいないけどね。――そんなことよりさ、その子のことちょっとぷにぷにしてもいい？」

「もしかして、そっちが本当の狙い？」

「えへへ、バレちゃったか」


「私は新川日向《あらかわひなた》。Ｅランク探索者で、職業は双刃使い。こっちが相棒のエッヂ・オブ・アイス。で、こっちがスラッシュ・オブ・ファイア。格好良いでしょ」

　日向ちゃんは腰に括り付けた鞘から２本の短剣を引き抜いて、くるくると器用に回転させた。

　あまりにもきれいな指捌きで、つい見惚れてしまったよ。

　私にとってのライムスが、日向ちゃんにとっての武器なのかもしれないね。

「私は天海最中。この子はペットのライムスだよ」

　私は彼女にライムスを手渡して、ぷにぷにさせてあげた。

「ほわぁ～～、癒されるぅ～～～」

「でしょでしょ!?　ライムスの癒し効果はすごいんだよ！」

っと、ライムス自慢もほどほどにしないとだね。

第2層に潜って数分。またもやゴブリンの群れが現れたよ。

さっきと違って、ゴブリン・ビッグもいるね。ゴブリン・リーダーほどじゃないけど、大きくて威圧感もあるんだよね。でも、力は普通のゴブリンと変わらないんだけど。

「さぁ、モンスターの群れが現れたぞ！　これは競争だ。功績は早い者勝ちだぞっ！」

池田さんの号令を受けて、私たちはゴブリンの群れに突撃していく。

「ライムス、あのでっかいのは避けて戦うよ！」

『きゅぴーーっ！』

『ゴブゴブッ！』

「てやあっ！」

ガキィンッ！

ガンッ！

キィンッ!!

「うっ、なんかさっきよりも強いかも??」

そういえば、モンスターって下層に行くほどレベルが上がるっていうよね。さっきまでのはレベル1のゴブリンで、ここにいるのはレベル2とかレベル3なのかもしれないね。

「ライムス、さっきのゴブリンより強いから気を付けて！」

『ぴゅぅっ!!』

「って、もう倒してる？　やっぱりライムスはすごいや！」

私も負けてられないよ！　もっと力を込めて、攻撃の勢いを強めないと。

「おりゃあっ！」

『ゴガバァッ！』

ぽふんっ！

「そこだ、くらえっ！」

ドゴッ!!

『ゴブフゥッ！』

ぽふんっ！

ゴブリンの群れとの戦闘が終わると、私は体力回復ポーションで体力を回復させた。

やっぱり数が多いから、どうしてもダメージは受けちゃうね。他にもポーションを使ってる人がいたから、攻撃を受けたのは私だけじゃなかったんだねとちょっと安心。

「こっちも数は多いけど、相手も中々だねぇ」

ポーションを飲みながら、日向ちゃんが語りかけてくる。いつの間にかフードを取り払っていて、顔が見えるようになっていた。日向ちゃんは意外と童顔でかわいい系だった。

でも動きやすさ重視でタンクトップ&ホットパンツって格好だから、おへそが見えてていてちょっとセクシーだね。

「確かに数は互角だけど、私たちは回復アイテムがあるからね。きっと勝てるよ！」

「うん、そうだよね。私もそう思う！」

そうやって話していると。

からら ぁん……。

一人の大柄な探索者が、ぽいっとポーションの空き瓶を捨ててしまった。

「ちょっとちょっと、なにしてんのさっ⁇」

私が注意すると、彼は面倒くさそうに舌打ちして、睨みつけてくる。でも、そんなふうに睨んできても怖くないもんね。それに、舌打ちしたいのは私のほうだよ！

お行儀悪いからしないけどさっ！

「なんだァ、嬢ちゃん？　俺ァDランクだぜ？　どーせここにいるのはFランクかEランクばかり。そんな雑魚が俺に文句つけようってのか？」

「ランクなんて関係ないでしょ！　とにかく、ゴミのポイ捨てはダメだよ」

ダンジョンに捨てられたゴミがその後どうなるか。それを知っている人は誰もいない。

でも、ある学者さんはこんなことを言っていたよ。

「ダンジョン消滅後、ダンジョン内の人工物は全て一時的に消滅する。でも、ツケっは必ず払わなきゃならないものさ。そうだねぇ、いつかは『空』からゴミが降って来るなんてこともあるかもな」

所詮は一つの説に過ぎないかもしれないけど、私はこの説を少しだけ信じているよ。

「そーだそーだ！　ゴミをポイ捨てするなんてサイテー！」

隣にやって来た日向ちゃんも援護射撃を繰り出す。

「うるせーヤツらだな。そんなに俺の強化超拳《グレート・パンチ》をくらいたいのか。だったらお望み通りにしてやるよっ!!」

ぐわっ、と魔力を込めた拳が振り上げられて、頑強そうな握り拳が私の眼前に迫る――その瞬間。

ガッ!!　と、拳が静止した。

「そのヘンにしときな、兄ちゃん。もし最中さんに傷でもつけたら、俺たちがタダじゃおかねーぜ」

ギュッと瞑った目を開けると、そこに居たのはギルさんだった！

「わあ、ギルさん！　どうしてここにいるの？　ギルさんは攻略配信しないはずじゃ？」

「どうしてもなにも……ブレイク間近ってなったら、協力するしかない……」

ギルさんの後ろからひょこっとやってきたのはユーリちゃん。

まさかユーリちゃんまで来てただなんて！

「本当はケンジとミレイも来る予定だったけど……抽選外れちゃったから……」

「むしろ俺のほうが驚かされたよ。まさか最中さんが来ているとはね」

ギルさんは爽やかなスマイルを向けながら、片手で大男の腕を掴んでいた。

「うぐっ、なんだこのデタラメなパワーは！」

「最中さんに謝れ。そしてちゃんとゴミを拾うんだ」

「ふざけんなや！　俺は探索者歴1カ月でDランクになった天才――」

『ぴきぃーーーっ!!』

「もがぅっ!?？」

1カ月でDランクになった天才さんだけど、その顔面にライムスが飛びついてしまったよ。

ライムスは私が殴られそうになったから怒ってくれてるんだね。

『ぴきゅいっ！』

「ふもっ、もごぁー!?」

「ははははっ、こいつは傑作だな！　ま、最中さんに危害を加えようとしたら、そりゃこうなるよな！」

「ライムスちゃん……激おこ！　でも、激おこなのもかわいい……」

「君、気が合うね。私もそう思って、ついさっきぷにぷにさせてもらったんだよ！」

「え、いいな……。私も、ぷにぷにしたい……」

なんか、日向ちゃんとユーリちゃんが仲良くなってるよ……。

「ライムス、そこまでにしてあげて。窒息で死んじゃうよ」

『ぴきゅっ！』

解放されると、自称天才さんは膝から崩れ落ちてゼーハーゼーハーと肩で息をしていたよ。

目尻からは涙が出てて苦しそう。

「クソ、拾えばいいんだろ拾えば。ったく、たかがゴミの一つや2つでぐちぐち言いやがって！」

「分かってくれて良かったです。これからもゴミは捨てないようにしてくださいね？」

私が微笑みかけると、自称天才さんは逃げるように別のグループのほうに走っていった。

「ライムス、私のために怒ってくれてありがとうね？」

『きゅいーっ』

ありがとうのナデナデをしてあげると、ライムスは嬉しそうにぽよよんっと弾んでいたよ。

そんなライムスの姿を見て、私たち４人の声が一つに重なった。

「「「「かわいい……」」」」

◇◆◇◆◇

第３層では、いよいよ結城さんと池田さんも戦い始めたよ。２人とも、見た目とバトルスタイルにギャップがあるね。

結城さんは高身長な紳士という感じで、装備品も戦闘用のスーツ。武器は片手銃を使っていて、スタイリッシュな印象だね。

対して池田さんは優雅で美麗。舞うように戦いながらも、一撃一撃がパワフルだね。踏み込みで地面が抉れているのを見れば、そのパワーは一目瞭然。

２人の戦闘にコメント欄が盛り上がって、私まで高揚しちゃうよ。

ｔｏｍｏ.77「池田さんいいね。さすがは元Bランク！」
ミク＠１０１０「結城さんも格好良い！　なんかビリヤードプレイヤーみたい笑」

らんまる「あれで探索者として中堅扱いですか。厳しい世界ですね」
通りすがりのLv.99「殲滅《せんめつ》力が段違いですなぁ」
上ちゃん「Sランクともなると A ランク相手にこれくらい無双するからヤバいよね」
村人B「こうやって見るとライムスくんだいぶ健闘してますね!」
ぱる「てかレイドだからか、他の探索者ゴリゴリに映してて草」
たなか家の長男「ゴブリン・アサシンがボスだからね。俺らも目を光らせておかないと」
ジョン「最中さんもライムスくんもガンバ!」
ラズベリー「初見です。結城さんの配信と二窓なう」
ラズベリー「やっぱレイドは盛り上がるね」
No.13「他の探索者も影響されて動き良くなってるよ。いい雰囲気だね!」

「よし、私たちももっともっと頑張っちゃうよ! いくよライムス!」

『ぴきゅいっ!!』

「俺たちも気合い入れてくか。ユーリ、遅れ取るなよ!」

「ん……分かってるし」

「私の双剣だって負けないよっ!」

『ゴブフィアッ!!』

『オヒヤーーッ!!』

武器と武器がぶつかり合って、魔法と魔法が衝突して。

激しい戦闘を繰り広げながら、私たちは第3層の奥へと進んでいく。

結城さんと池田さんのお陰で活気づいたこともあって、第3層は第2層よりも早く攻略できたよ。それでも、ポーションは使っちゃったけどね……。

「さてと。みなさん聞いてください！　いよいよこの先が第4層になります。ゴブリン・アサシンはEランクですが、逃げに特化した性能を持っています。まずはここで十分休息し、それから5つのグループに分かれて第4層を攻略しましょう！」

休憩が終わると、グループ分けが始まったよ。

前衛で戦える人、後衛で戦える人、サポートが得意な人、そして私みたいな魔物を使役する人。結城さんと池田さんが、それぞれの強みを最大限生かせるようにチームを編成してくれた、のはいいんだけど……。

「ちっ、まさかお前と同じチームになるとな」

「うっ、まさかお兄さんと同じチームになるなんて」

私が編成されたのは、自称天才のお兄さんのチームだった。

日向ちゃんとギルさんも一緒だったのは嬉しいけど、その他は知らない人ばかりだね。

その中に一人だけお面を被っている人がいて、ちょっと気になっちゃう。

顔を見せられないっていうことは、ひょっとして有名人だったりして？

「このチームのリーダーは経験を積ませるという意味でも岩崎さんに任せるが、もしさっきみたいなトラブルになったら、その時はギルさんが止めてくれ。それと岩崎さん。さっき天海さんを殴ろうとした一件はちゃんと処罰が降りるから覚悟しておくように」

池田さんがそう言うと、自称天才――岩崎さんはガクリと項垂れて元気をなくしてしまったよ。

それにしても池田さんはすごいね。こんなに探索者の数が多いのに、ちゃんと目を光らせていたんだもの。いつか私もあんなふうに格好良い探索者になりたいなぁ。

なんて考えていると。

「このチーム、実質的なリーダーはギルさんだね」

日向ちゃんがポツリと一言。

その呟きがトドメになったらしく、休憩中、岩崎さんが口を開くことはなかった。


――洞窟のダンジョン・第4層――

「ここが最深部か。結構雰囲気あるな」

　辺りを見渡しながら岩崎さんが言う。

　確かに、第3層までとは違う。ただの洞窟というよりかは、鍾乳洞《しょうにゅうどう》みたい？　壁にもキラキラとした石が埋まっていて、ちょっときれいかも。

「よし、これから隊列を組むぞ。まずは前衛で戦える俺が先頭を歩く。ギルさん、アンタも見たところ前衛だろ？　俺に続いてくれ。あと、そこの仮面、お前も前衛だ。ちょくちょく見ていたが、なかなかに剣の扱いが上手いからな。で、スライム使い。お前は双剣と一緒に魔法使いを援護しろ」

「うん、分かったよ」

「最中ちゃん、頑張ろうね！」

「うん、頑張って貢献するよ！　ね、ライムス！」

『ぴきぃっ‼』

「フン、精々足だけは引っ張ってくれるなよ」

「なにさ偉そうにしちゃって。言われなくたって足手纏いになんてならないよーだっ！」

「……まぁいい。よし、これより進軍開始だ！　絶対に俺たちのチームでゴブリン・アサシンを倒すぞ‼」

岩崎さんとギルさん、そして仮面さんが前衛を歩いて、私たちは後を追う形でついていく。

それから約5分、行進が止まると同時に、金属を叩く音が響いた。

「出たぞ、ゴブリンの群れだ！　お前ら、戦闘態勢に入れ！」

「了解！　行くよライムス！」

『きゅぴ～～っ！』

第4層ともなると種類は豊富で、ゴブリン・アーチャーやゴブリン・ハンマー、ゴブリン・リーダーまでもが出てきたよ。

魔法使いが遠距離を攻撃してくれるから、私とライムスは近くにいるゴブリンを倒していけばいいね。

「とりゃーっ！」

『ゴブゴブッ!!』

ガキンッ！

「うっ……！」

やっぱり3層までとは訳が違うね。武器がぶつかるだけで腕が痺れちゃうよ。

「でも、私には作戦があるもんね」

『ゴブゥ～??』

「くらえ、目眩まし攻撃！」

私は適当な砂利を掴んで、ゴブリンの顔に投げつけた。すると狙い通り、ゴブリンは目を閉じてデタラメに武器を振りだした。私はゴブリンの１８０後ろに回って、背後から鉄の棒を振り下ろす……って、なんかちょっと物騒な物言いだね？

『ゴブハァッ!!』

ぽふんっ！

「やった、ゴブリン撃破！」

ゴブリンを倒した後で、元の立ち位置に戻って、魔法使いさんの援護に就く。

周囲を見渡すと、日向ちゃんもライムスもゴブリンを倒していたよ。

岩崎さん、ギルさん、仮面さんも絶好調って様子だね。

「群れは一掃したな。けが人はいないか!? ……よし、けが人はゼロだな。お前たちよくやった！　この調子でドンドン進んでいくぞ！」

と、その時。私は視界の端に不自然な動きを捕らえた。今回の戦闘で砂埃が巻き上げられて、そのせいで視界に靄がかかってるんだけど、その靄がゆらゆら～って揺れたんだよね。

「もしかして……。えいっ！」

私は揺れた箇所に攻撃を繰り出す。すると――。

『ゴギュァッ!!』

「あ、やっぱり。ねぇみんな、ここにゴブリン・アサシンが――」

いるよ！　と知らせるよりも早く、岩崎さんが凄まじい形相でこちらに迫っていた。

「退けぇえええ、ソイツは俺の獲物だぁあああああッ！！！」

「わ、ちょ、ちょっと！」

岩崎さんの渾身のタックルは、しかしゴブリン・アサシンには命中しなかった。

代わりに、岩崎さんの攻撃は私を吹き飛ばしたのだった。

ドガッ！！！

「うっ!!」

うう、痛い。

咄嗟の判断で頭を守ったから良かったけど、もし判断を間違えてたら大けがしてたかも？

起き上がると、岩崎さんが私のことを見下していた。まるで、邪魔者でも見るみたいに。

「なにさ。私が悪いって、そう言いたいの？」

「……言ったハズだ。足だけは引っ張るなと」

「岩崎さん、ちょっと身勝手すぎない？　ていうか、こうしている間にもゴブリン・アサシンは私たちを狙っているかもしれないんだよ？　リーダーなら適切な指示を――」

「黙れッ！　お前が邪魔しなければゴブリン・アサシンを倒せてたんだ！」

ああもうっ！　なんでこの人はこんなに自分勝手なの⁉

私は自分の顔が熱くなるのを感じた。でも、必死の思いで気持ちを押し殺す。ここで言い争いをしてても意味ないからね。

「つたく。お前なんかに使役されるスライムが可哀想だよ。ていうか、お前ごときに使役されるようじゃ程度が知れてるか。所詮はスライムだしな、わははっ！」

……前言撤回。コイツぶん殴ってやる！

私は決意を固めて握り拳を作った。その瞬間。

ゴッ！！！！

「ぐはあっ！？！？」

鈍い音が響いて、私に背を向けた岩崎さんが吹き飛んできた。

「つたく、こんなヤツの下に就かなきゃならん探索者たちが可哀想だよ。ここからは俺がリーダーをやる。異論ある者、いるか？」

ギルさんが周囲を見渡すも、反対する人は誰一人としていなかったよ。

そして岩崎さんはその場でへたり込みながら、殴られた頰を抑えて、涙目になっていた。

「反対意見はゼロだな。よし、それじゃ今から俺がリーダーを張る。まずこれからの指針だが、当然、全力で『ゴブリン・アサシン』探しだ。おそらくヤツは、まだ近くにいるはずだからな。きっと息を殺し身を低くして、俺たちが去るのを待っているんだ。とはいえ、ただの雑魚とは侮れん」

ギルさんはトンボ型のダンジョン・カメラを小突きながら続けた。

「配信画面を見ればコイツの見てる景色がダイレクトに見られるわけだが、見事に熱感知がすり抜けられている。ヤツの隠密は体温まで消せるらしい」

「うおっ、本当だ。配信画面見てみろよ」

「どれどれ？　え、マジじゃん。これじゃあ探せなくね？」

「隠密の精度高いですね。腐ってもボスモンスターですか」

「ええ、どうすればいいんだよ」

「八方塞がり？」

ギルさんの言葉にチームメンバーがざわめきだしてしまう。

でも実際、どうすればいいのか分からないよね。ギルさんの言うとおり完璧に身を潜められたら、砂煙の動きで探ることも難しい。

「まぁまぁ落ち着け。こういう時こそ冷静になって頭を使うんだ。そうすればなにか名案が降ってくるかもしれないだろ？」

……こういう時こそ冷静に、か。

そうだよね、ピンチの時こそ落ち着かないと。仕事でもそうだけど、追い詰められて焦れば焦るほど、どこかにミスが出ちゃうんだよね。うーん、なにか良い作戦ないかなぁ。

「ねぇライムス、どうすれば透明なモンスターを見つけ出せるかな？」

『ぴきぃ～？』

って、そんなのライムスに分かるわけないよね。でも、ライムスの声を聞いてちょっと気持ちが落ち着いたよ。やっぱりライムスの癒し効果は絶大だね。

とその時、ふと一つの案が降ってきた。

ライムスの姿を見ていると、どうしてもあるものを連想しちゃうんだよね。

「ねぇねぇギルさん。魔法使いさんに『水』を出してもらうっていうのはどうですか？」

「水？」

「うん。ここには砂はいくらでもあるから、広範囲に水を出して、そのあとで砂を撒いたら……」

「なるほど。水を被った『ゴブリン・アサシン』に砂が付着して、居場所がバレバレになるってことか。最中さん、ナイスアイデアだ！」

「おお、あの子なかなかやるな！」

「こんな単純なことに気付かなかったとは」

「透明人間の倒し方、砂と水、これはメモッとく価値ありそうだぞ！」

なんか、直接褒められるよりも恥ずかしいんだけど……。でも、ちゃんとチームに貢献できそうで嬉しいよ！

「最中ちゃん、今のは討伐補佐として認められると思うよ？　なんとなくタダ者じゃないって思ってたけど、私の目に狂いはなかったね！　ナイスアイデアだよっ！」

「日向ちゃん……ちょっと大げさじゃない？　でも、褒めてくれてありがとねっ！」


「よし、各自準備は整ったな。それじゃ早速始めてくれ！」

このチームには3人の魔法使いさんがいたよ。

彼らが呪文を詠唱して、噴水みたいに水を降らせる。そしてその後で私たちが砂をばら撒く。

『ゴブリン・アサシン』の居場所を特定したら攻撃する。それが作戦の流れだね。

ちょっと緊張するけど、上手くできるように頑張らないと。

「「万物の源にして万物の母よ。我に力を与え給え！　ウォーターボール！」」

3つのウォーターボールが天井目がけて発射されて、そして、ぱぁんっ！　と水風船みたく割れたよ。空中で四散したウォーターボールは雨みたいに降り注いで、私たちのことをびしょ濡れにしていった。

「今だっ‼」

ギルさんの合図で、握りしめていた砂をえいっ！　とばら撒く。すると。

『ゴブ？　ゴブゴブ⁇』

自分の体の変化に気付いたのか、ゴブリン特有の鳴き声が聞こえてきたよ。

そして同時に、誰も居なかったはずの場所にシルエットが浮かび上がってきた。

「いたぞ、ゴブリン・アサシンだッ‼」

「わわっ、本当に上手くいっちゃった⁉」

って、驚くのは後回しだね。今は攻撃が最優先！

「行くよライムス！」

『きゅぴいっ！』

「私だって負けないよっ！　くらえっ、フリージア・オブ・スロー！」

「俺だって負けないぜ。行け、ファイアー・ボール！」

「うおおっ、ウォーター・ボール‼」

「出遅れたか！　それならサポート魔法で討伐補佐を狙うぜ！」

氷のナイフが一直線に飛んでいき、後を追って炎の玉と水の玉が飛んでいく。どれも、ゴブリン・アサシンを直接狙っている。このままじゃ私の攻撃は間に合わない。

そう思ったけど、そこで私はあることを思い出した。

そういえば、ゴブリン・アサシンが得意なのって隠密だけじゃないよね？　依頼内容には、『回避行動・隠密行動に長けた徘徊型のダンジョン・ボス：『ゴブリン・アサシン』の討伐』と書いてあった。と考えると、この攻撃は避けられる前提で動いたほうがよさそうかも？　ジャンプで避ける？　……たぶん、ゴブリン・アサシンにそこまでの跳躍力はないと思う。

ということは、右に避けるか左に避けるかの二択。

ふふっ。私一人じゃ2分の1だったけど、私には最高に頼れる家族《パートナー》のライムスがいるもんねっ！

「ライムスは左《そっち》をお願い！」

『ぴきゅうっ!!』

私とライムスは二手に分かれて、ゴブリン・アサシンの出方を伺うことにしたよ。するとゴブリン・アサシンは、集中攻撃を回避すべく右側に――つまりは、私の真正面に姿を現した。

攻撃を避けるのに必死だったのか、体勢は不安定。それに胴体もガラ空き。

こんな絶好のチャンス、逃がす手はないね！

「えーいっ!!」

バゴンッ‼

『ゴブゥッ！』

「もう一発、くらえっ！」

ガンッ‼

『グバァ〜〜〜ッ‼』

私が渾身の力で攻撃すると、ゴブリン・アサシンは断末魔の叫びとともに、ぽふんっ！　と煙になったよ。同時に、１本のショートソードがドロップした。

「あ、剣だ。ラッキー！」

私が呟いたその瞬間。わあっ‼　と歓声が沸き立って、いきなりのことだったので私の心臓がドクン！　と跳ねてしまったよ。

「やった、倒したぞ！　俺たちのチームでゴブリン・アサシンを倒したぞ‼」

「俺、池田さんたちに報告してきます‼」

「ボス撃破……ってことは、あと1時間でダンジョン消滅か。お宝とかあったら早めに手に入れておかなきゃだな」

「よっしゃー！　俺はサポート魔法使ったから、きっと貢献度も上がったはずだぞ！」

うわぁ〜、なんだか夢でも見てる気分だよ。

こんなにみんなが喜んでくれているだなんて、見ているだけで私まで嬉しくなっちゃうな。

私がほんわかとした気分になっていると、ギルさんと日向ちゃんが駆け寄ってきた。

「やれやれ、最中さんには驚かされたぜ。作戦の立案のみならず、ボスの撃破まで。ライムスくんとのコンビネーションも抜群だった！」

「最中ちゃんすごいよっ！　私たちってば、攻撃を当てようと必死になっちゃって、あいつが回避得意だってこと忘れちゃってたもん！　でも最中ちゃんは避けられることを見越して先手を打ったんでしょ？　最中ちゃん、戦いの才能あるよっ！」

「そ、そうかな？　えへへへ、そうやって褒められるとむず痒いというか、ちょっと照れちゃうよ」

そんなふうに話していると、ぴこんぴこんとスマホから通知音が聞こえてきたよ。

「うん？　やけにぴこんぴこん鳴るね？」

なんだろうと思ってスマホを開くと、そこには『～～さんがチャンネル登録しました』の文字がずらりと並んでいた。それどころか、同時接続数は１０００人を超えていて、私は今度こそ心臓が止まるんじゃないかって思ったよ。

「な、なにこれ……。えっ、チャンネル登録も５００人超えてるよ！」

「そりゃそうさ。最中さんはレイドクエストのボスモンスターを倒したんだ。それにこのレイドはただのレイドじゃない。最悪の場合このダンジョンはブレイクしてたんだからな」

「うんうん、ギルさんの言うとおりだよ。ちょっと大げさに聞こえるかもしれないけど、最中ちゃんは東京を救った英雄だねっ！」

「日向ちゃん、それは本当に大げさすぎるよ。ていうかすっごく恥ずかしいからやめて」

「え、なんでなんで？　恥ずかしがることなんてないじゃん。格好いいよ、英雄」

「だからやめてってばぁ～～」

こうして私は、生まれて初めてのバズるという経験をした。

恥ずかしさとかむず痒さとか、いろいろな気持ちが押し寄せてきたけど。

とりあえず、このチャンスを無駄にするっていうのはもったいないよね？　同時接続者数1000人以上。つまり、1000人以上もの人に知ってもらうチャンスなんだ。

なにをって？　そんなの決まってるじゃんか。

ライムスの尊さをだよ！

「みんな、今日は来てくれてありがとう！　唐突なんだけど、私のかわいくてぷるぷるでぽよぽよで癒される最高のペットを紹介するよ！　じゃじゃーん、天海ライムスくんですっ‼」

私の紹介を受けて、ライムスは元気いっぱいに挨拶をしてくれた。

『ぴきゅい～～っ‼』

◇◆◇◆◇

探索者の一人が池田さんを連れて戻ってきた。池田さんは私が拾った剣を手に取ると。

「斬りつけた敵を確率でマヒ状態にさせるパラライズ・ソード。ゴブリン・アサシンがボスの時は確定でドロップするアイテムだな」

「パラライズ・ソード……」

斬りつけた相手をマヒ状態にする、か。なんか強そう！

「どうやら無事にゴブリン・アサシンを討伐できたようですね」

池田さんに続き、結城さんもやって来たよ。

結城さんはスマホ画面を弄りながら、納得したように頷いた。

「動画を確認しましたが、ゴブリン・アサシンは間違いなく討伐されていますね。ふむ、スライムとの連携も見事ですね。天海さん、此度の活躍おめでとうございます」

「あ、ありがとうございます！」

「スライムくんも、よく頑張ったね」

『きゅぴっ！』

結城さんにナデられて、ライムスは嬉しそうにぷるぷると弾んだ。

結城さんはライムスをナデナデしたあと、襟に付けた銀バッジに手を添えて、喋り始めた。

あのバッジは魔道具かな？　拡声器みたいに使えるなんて便利だね。

「みなさん、此度のレイドクエストお疲れさまでした。みなさんのお陰でダンジョン・ブレイクを未然に防ぐことが出来ました、ありがとうございます！　ここからの流れですが、ダンジョンからの帰還を希望する方は私についてきてください。入口に楔を刺してきていますので、すぐに戻ることが出来ます。まだモンスターを狩りたい、資源採掘を続けたいという方は、池田さんの元で行動してもらうことになります。なにか質問などはありますか？」

「はいはいはい！」

元気いっぱいの返事をしたのは日向ちゃん。なんか、授業参観日の小学生みたいなテンションだね。

「えー……ナンバー22、新川日向さん。どうぞ」

「あの、レイドクエストの報酬はいつもらえるんですか？」

そういえば、具体的な受け渡し方法は聞いてなかったよね。

クエスト報酬は一番気になるところだし、ちょっとそわそわしちゃうな。

「参加報酬で3万円、討伐支援で5万円、討伐で50万円……最中さんは合わせて58万円か。ま、あれだけ活躍したんだ。正直、これでも少ないくらいじゃないか？」

ギルさんに言われてようやく実感が湧いてきたよ。

58万円──約60万円。ものすごい大金だよね。もらったらなにに使おうかな？　まずはライムスのごはんでしょ？　それにお菓子とジュース。あとはちょこっと贅沢して貯金かな？

「今回のレイドクエスト報酬は来週末までには振り込まれます。1週間の猶予《ゆうよ》を頂くのは、その期間に配信のアーカイブを見直して貢献度をチェックするためですので、どうかご容赦ください」

「こういう時、ダンジョン配信って便利だよね……。普通のレイドなら……話し合いで決めなきゃだから、たまに喧嘩になるんだよ……」

いつの間にか私の隣にやって来ていたユーリちゃん。苦々しい顔つきを見るに、過去にトラブルがあったみたいだね。

「他に質問はありますか？　──ふむ、無さそうですね。あっ、そうだ最後に一つだけ。えー岩崎さん。岩崎さんいますか？」

結城さんに呼ばれて、岩崎さんがふらふらと立ち上がった。未だに頬を抑えていて、顔をしかめている。ギルさんの一撃がよっぽど効いたみたいだね。

「ふぁい《はい》、ほほひいまふ《ここにいます》」

「おやおや、頬が腫れてしまっているじゃないですか。ヒーラーの方、あとで回復してあげてくださいね。――それで岩崎さんですが、えー、本日22時までに探索者協会・東支部まで来てください。ちょっと横暴な態度が目に余りましたからね。相応の処分は覚悟しておいてくださいよ」

「そ、ひょんな……」

岩崎さんは頬を抑えながら、その場でガクリと項垂れてしまった。

いつもの私なら可哀想だなって思うけど、今日は全然そんな気持ちが湧いてこない。

でも当たり前だよね。私だけがバカにされるなら我慢できるよ。でも、ライムスのことをバカにされるのだけはどうしても我慢できないんだもん。

いまさら謝って欲しいとも思わないけどね。

結城さんの話が終わった後、私は結城さんについていって、ダンジョンから帰還したよ。

ギルさんとユーリちゃんはもう少しダンジョンに残るみたい。

「そうだ最中さん。最中さんはツイターというアプリはやっていますか？」

「ツイターですか？　もちろんやってますよ」

ツイターっていうのは、気軽にコメントや動画を投稿できるアプリのことだよ。とはいっても、私はあまりコメントしないんだけどね。私がツイターをやる時は動物の動画を見たり、Dtuberの最新情報をチェックしたりってのがほとんどだよ。

「お、やってますか。でしたら、ぜひトレンドの欄を確認してみてください。きっと面白いものが見れますよ。では、私は仕事が残っていますのでこれで失礼します」

「あっ、ハイ。お疲れさまでした」

トレンドの欄？　どれどれ？　私は結城さんに言われた通り、ツイターのトレンド一覧を見てみる。ツイターのトレンドは、話題性に応じて、上位1位から30位までが表示される仕組みなんだけど……。

「わおっ！　うそ、これ本当？　信じられない、夢でも見てるみたいだよ！」

なんとトレンドの24位にライムスの名前が！　しかも20位には私の名前も載っているよ！

「ライムス、すごいよ！　私とライムスの名前がトレンドに乗ってるよ！」

『ぷゆーっ！』

やっぱり配信がバズった効果が出てるんだね！

「よぉーし。ライムス、この後はゴミ掃除配信をするよ！」

せっかく話題になってるんだから、こういう時こそ行動に出ないとねっ！

かくして、私は21時までライムスと一緒にダンジョン配信をしたよ。

そのお陰もあってか、同時接続数は３０００人を超えて、トレンドも15位まで上昇したよ。

ふふっ、ライムスのかわいさをこんなに多くの人に配信できて嬉しいよ。つい最近までは、まさか自分が配信する側になるだなんて思いもしなかったけれど、今となっては、Ｄｔｕｂｅｒデビューして良かったなって思うよ。

だって、こんなにもかわいくてぷるぷるなライムスを多くの人に布教できるのだからねっ！

4章　モナカと須藤光編

ゴールデンウィークも明けて、いつもの日常が戻ってくる。

「それじゃ仕事行ってくるから、お利口さんにしてるんだよ？」

『きゅぅ……』

今日のライムスはちょっと不機嫌。ゴールデンウィーク中は私とべったりだったから、離れたくないみたいだね。私だって気持ちは同じだよ。本音を言えば、仕事に行かないでライムスと一緒にいたい。でも、安定した暮らしのためには働くのが一番だからね。

「ライムス、帰ってきたらいっぱいナデナデしてあげるから。ね？」

私が言うと、ライムスはしぶしぶといった様子で納得してくれたよ。

ライムスはいい子だから、こういう時は物分かりが良くて偉いんだよね。

「じゃ、行ってくるね」

『ぴきゅ～っ！』


それにしても相変わらずのギュウギュウ具合だよねぇ。みんな仕事だから仕方ないとはいえ、やっぱり満員電車はイヤになっちゃうよ。

そんなことを思いながらも、吊革《つりかわ》を掴みながら窓の外を眺めていると。

ちょんちょん、と肩を小突かれて。

「あの、人違いだったらすみません。もしかして、天海さんですか？」

「？　はい、そうですが」

いきなり声をかけられたけど、その人は知らない人だった。私が応じると、その人は嬉しそうに笑顔になったよ。

「やっぱりそうだ！　あ、あの、昨日の配信見てました！　えと、レイドクエストのヤツ！」

「わわっ、昨日の見ててくれたんですか？　嬉しいです、ありがとー！」

「いやぁ、驚きましたよ。随分と似てるなーって思って、それで声をかけて見たら、まさか本人だったなんて」

「え、天海さん？」

そんなふうに話していると。

「ちょっとどいて、見えないよ」

「うわ、ホンモノじゃん」

「すげっ！」

「昨日バズってた人だよね？」

「てかめっちゃかわいいな」

「彼氏とかいるのかな……」

「サインもらっちゃおうかな」

「てかあの格好、まさか普通に社会人やってるの？」

「え、だとしたら超もったいなくね？」

「スライムくんは？」

「え、えーとっ」

ど、どうしよう。まさかこんなことになるだなんて考えてもみなかったよ。

私が戸惑っていると、ちょうどそのタイミングで電車が停止した。まだ1駅早いけど、こうなっちゃったら仕方ないよね。

「ご、ごめんなさい！　私ここで降りなきゃなので。それじゃっ！」

そう言い残して、私は逃げるように電車を降りた。まだまだ実感が湧かないけれど、もう昨日までとは違うんだね。私もライムスも多くの人の目に触れて、名前まで覚えてもらえた。それはとっても嬉しいことだけど。

「もう、今までどおりの生活というわけにはいかないのかもしれないね……」

私は須藤さんに電話して、事情を説明した。本当は岡田さんに連絡するべきなんだけど、なんとなく怒鳴られそうで、それが嫌だから須藤さんに連絡したよ。

「そういうわけで、少し遅れちゃいそうなんです。本当にごめんなさい」

「分かりました。ではその旨、岡田さんに伝えておきます。天海さん、あまり急がなくていいですからね。いつものペースで通勤してきてください。事故にでも遭ったら大変ですから」

「お気遣いありがとうございます。なるべく早く行けるようにしますので。本当にすみません」

「そんなに謝らないでください。どうしても申し訳なくて気が収まらないって言うなら、お昼休憩の時にサインでも下さいよ」

「ふへへ、須藤さんも冗談言うんですね」

「いや、冗談なんかじゃありませんよ。私だって天海さんのチャンネル登録してるんですから」

「……なんかそれ、めっちゃ恥ずいですね」

「会社に来たらもっと恥ずかしい目に遭いますよ。ふふ、覚悟しておいてくださいね？」

うう、なんか須藤さんて……ちょっとSの気があるかもしれないね。とはいえ、これで一安心だね。須藤さんはいつもクールで落ち着いた印象だし、仕事も速いよ。

私も含めて、須藤さんみたいな格好良い女性に憧れる人は多くて、つまり須藤さんは人望が厚い。

だから岡田さんも、須藤さんには文句言いづらいでしょ。

「マスクくらいは買っておいたほうが良さそうだね」

私は最寄りのコンビニでマスクを購入して、それからもう一度電車に乗った。

◇◆◇◆◇

会社に着いた頃には、既に始業時間を20分も過ぎていた。私は小走りでロビーを抜けて、エレベーターに乗り込んだ。エレベーターを降りて、ツカツカと廊下を早歩き。

そしてオフィスに入場すると。

「うっっ」

まるで時間が止まったかのような静寂。そして私に向けられる無数の目線。ヤバい。めっちゃ気まずいねコレ……。

私はゴクリと息を呑んで、早歩きで岡田さんの席に向かっていく。

なにはともあれ、まずは遅れたことを岡田さんに謝罪しないとだからね。

「あの、岡田さん。本日は遅刻してしまい、本当に申し訳ありませんでした」

「須藤から聞いてるよ。ま、今回だけは大目に見てやる。でも次はないからな。東京を救った英雄だの、ダンジョン・ブレイクを未然に防いだだの言われてるが、そんなの仕事には一切関係ねぇからな」

「はい、分かっています」

「おう、分かってりゃいいんだよ。それじゃとっとと席に着け。それとタイムカードは9時で切っとけよ」

「はい、分かりました」

今は8時20分だけど、まぁ仕方ないよね。遅刻したのは私の責任だし。

席に着くと、須藤さんが紙コップにコーヒーを淹れてくれたよ。

「天海さん、大変なのはこれからですよ」

「そう、なんですかね？」

「ええ。だって天海さんはもう有名人なんですから。まあ、昼休憩になったら分かりますよ」

そんな須藤さんの言葉は現実になった。

それと電話で言っていた「会社に来たらもっと恥ずかしい目に遭いますよ」という言葉も。

「天海さん、サインください！」

「配信見ましたよっ！」

「いよっ、英雄！」

「一緒に写真撮って！」

「息子がライムスくんのファンになっちゃってさぁ」

「ねぇ、1枚くらいサインくれたっていいでしょ？」

「う、ぁ、えっと、サインとか書いたことなくて……」

うう、ホントに恥ずかしいよぉ～～。英雄とかそんなふうに呼ばないでよ。サインだって書き方分からないしさ。写真なんて以ての外だよ、せめてお化粧直させてよ！

ていうか、なんで他の部署の人たちまで来てるのさ⁉

私は須藤さんを見つめて助けを求めた。須藤さんはやれやれと言いたげに溜め息を漏らすと、私の手を引いて。

「天海さん。ちょっとマナー悪いけど、廊下走りますよ」

「え？　あっ、ハイ」

まるで王子様に手を引かれるみたいにして、私はオフィスから飛び出した。誰かに手を引かれながら走るなんてドラマの中でしか見たことないから、ちょっとヘンな気分だよ。

「……チッ、まだ何人か追いかけてきてますね。これだからミーハーは」

「その、なんていうか……ご迷惑おかけしてすみません」

「別に天海さんが謝る必要ないでしょう。ま、岡田さんは文句言うでしょうけど。あの人、天海さんのこと逆恨みしてますから」

「え、なんですかそれ。初耳なんですけど」

「詳しい話はそのうち、ってことで。ところで天海さん、お昼ご飯は？　今日もお弁当ですか？」

「あ、ハイ。私はいつもお弁当です」

「それ今日の夜に回せませんか？　こう見えて私、食にはこだわりがありまして。結構いいお店知ってるんですよ。騒ぎが収まるまで時間潰しません？」

そう言うと、須藤さんは今までに見せたことのない笑顔を向けてきた。ただでさえ整った顔立ちなのに、こんなのって反則だよ。あまりにもイケメンすぎる！

女性にイケメンっていうのはなんか違う気もするけれど……。

「分かりました。でも、予算は１０００円以内でお願いしますね？」

「１０００円以内……承知しました」

そして須藤さんは廊下突き当りを左に曲がると、どういうわけか階段を上りはじめたよ。

「須藤さん、なんで上に上がってるんですか？」

「この時間帯にロビーなんて通ったら、たぶん天海さん囲まれますよ？　ほらこれ、ツイターの情報。もう天海さんがここに勤務してるって特定されてますから」

「ふえ？　え、えええっ⁉？」

うそうそ、なんでどうして⁉　なんで私の職場がＳＮＳに⁉

「っていうか答えになってなくないですか？　ロビーがダメなら裏口から――」

「いえ、こっちのほうが手っ取り早いです。店にも直行できますしね」

「直、行？」

いよいよ須藤さんがなにを考えてるのか分からなくなってきたよ。あっ、もしかして私が知らないだけで、この会社には探索者協会で見た転送装置みたいのがあるのかも⁉　確かにそれなら直行できるよね。でもそれなら、ウワサくらいは聞きそうだけど。

って、あれれ？　おかしいな。須藤さん？　このまま行ったら屋上なんですけど……？

「さてと。天海さん、覚悟が出来たらいつでも言ってくださいね」

「はぇ？　覚悟？　なんのですか？」

「そんなの決まってるじゃないですか。飛ぶ覚悟ですよ」

「飛、ぶ？　飛ぶって、まさか？」

「はい、そのまさかですよ。だって、屋上から飛べばほとんどの人は追ってこれないじゃないですか」

「いや、いやいやいやいやいやいや、なに言ってるんですか須藤さん！　屋上から飛ぶだなんて、そんなの死んじゃいますよっ？！」

「安心してください。こう見えて私も探索者やってますから。レベルも上げてますし、屋上から飛ぶくらい平気ですよ」

「えぇ……」

確かにレベルの高い探索者の身体能力は異次元だと言われているよ。陸上競技とかでも、探索者部門と一般部門とで分かれているしね。人気なのは一般部門なんだけどね。探索者が球技とかやると目で追えない人も出てきて、そのせいで楽しめなかったりするんだよ。

でも、今の私のレベルで屋上から飛べるのかな？

「あの、須藤さん。私まだレベル10なんですけど。そんな私でも飛べるんですかね？」

昨日のレイドでは、ぱぱぱーん！　っていうファンファーレは聞こえなかった。だからレベルは上がっていないよ。たぶんだけど、あとちょっとでレベル11になれると思う。

レベル10もレベル11も大きな差はないんだけどね。

「大丈夫ですよ。私が抱きかかえて飛びますので。ていうか、一度経験したほうが早いかもしれないですね。天海さん、空高く飛ぶっていうのは意外と気持ちが良いんですよ？」

すると須藤さんは私の腰と足に手を回して、有無を言わさずにお姫様抱っこをしてきた。

そしてそのまま、ぴょーんっと跳躍して、フェンスの上に立つと。

「ふふっ。やっぱり高い場所って最高ですね。見晴らしがいいですし。ていうか見てくださいよあそこ。会社の入口。何人か野次馬《やじうま》らしき人が見えますよ」

「無理無理無理無理、無理です！　怖くて下なんて見れません、お願いですから降ろして！」

まるで命乞いをする人みたいに、私は必死の思いで懇願した。けれど須藤さんは私の前髪を人差し指で軽く払ってから、イジワルな笑みを浮かべて――。

「だーめ♡」

「ひぅっ！　ちょ、待――ッ!?　ひ、ひぃあああああああああああああああああああああああああああああああああっっ！？！？？　とっ、と、と、飛んでゃああああああああああ〜〜〜〜〜ッッ！？！？？？」

まるでジェットコースターにでも乗ったかのように、びゅうんびゅうんと青空が流れていく。風を切る音、雑踏の音、車の音、サイレンの音。全てが遠ざかっていく。そしてある地点でピタリと静止したかと思うや。次の瞬間、私たちは地上目がけて一気に滑空する……！

「うゃぁあああああああああああああっっ！！！！！」

須藤さんが飛んでいる間、私はただただ叫ぶことしかできなかった。

◇◆◇◆◇

「ぜひゅー、ぜひゅー、ぜひゅー……」

こ、怖かったぁ〜〜〜！

びゅう〜んって高く飛んだかと思ったら、今度はいきなり急降下するんだもん！　乗ったことないけど、ジェットコースターってこんな感じなのかな？　ほんと、生きた心地がしなかったよ。

「天海さん、短い空の旅はいかがでしたか？」

いかがでしたかと言われても、怖かった以外の感想がないよ！

「怖かったです。超怖かったです」

「そうですか。ま、初めのうちはみんなそうですよ。私も初めてジェットコースター乗った時は怖かったですしね。でも、慣れれば存外楽しいものですよ」

「慣れる予定なんてないですけどね……」

「そうですか。それは残念」

いやいや、なにが残念なのか全然分からないんだけど！

私が落ち着くと、須藤さんは近くの喫茶店に案内してくれたよ。

内装は、よくあるシックな感じだね。店内ＢＧＭはジャズクラシック。照明はあえて薄暗く設定されていて、雰囲気があるね。

「オシャレなお店ですね。私、喫茶店ってあまり来ないから、ちょっと新鮮な気分です。なにかオススメのメニューとかありますか？」

私が聞くと、須藤さんは迷うことなくメニュー表を捲っていって、フレンチトーストセットを指差したよ。

「断然これですね。ここのフレンチトーストはトッピングの量が多いことで知られているんです。アイスもホイップクリームも果物も、他のお店の倍くらいはあるんじゃないですかね。それに、この時間帯限定ですが、コーヒーのお代わりも一杯までなら無料なんです。しかも990円！　ヤバくないですか？」

ちょっと興奮気味に語る須藤さん。なんか、今日1日でいろんな須藤さんを見た気がするよ。イケメンな須藤さん、ちょっと意地悪な須藤さん。今の須藤さんは、ちょっとかわいいね。

「それじゃ私、それにします」

こんなにオススメされたら、頼まない理由がないよね。それに、メニュー表を見れば分かるけど、本当に美味しそうなんだもん。さぞかし甘くて柔らかいんだろうなぁ。考えただけでもお腹が空いてきちゃうよ。

須藤さんが呼鈴を鳴らすと、店員さんがこちらへやって来て、ニコッと微笑みを向けてきた。

店員さんが「いつもありがとうございます」と小さく言うと、須藤さんも軽い会釈で応じたよ。須藤さんは常連のお客さんみたいだね。

「フレンチトーストセット2つで。それと私はホットコーヒー。天海さんは？」

「あ、私もホットコーヒーで。砂糖とミルクもお願いします」

「畏まりました。ではメニュー表お預かりいたしますね」

「あ、ハイ。ありがとうございます」

それから15分ほどして、フレンチトーストが運ばれてきたよ。想像していたよりも大きい丸皿に、切り分けられたパンが6切れ。須藤さんの言っていたとおり、大きなアイスクリームにふわっふわのホイップクリームが乗せられていて、とっても美味しそう。お皿の端にはいちご、ブルーベリー、ラズベリーの3種類が添えられていて、見た目もパーフェクトだね！

それと、チョコソースで兎ちゃんのイラストが描かれてるのも良いね！

私ってばチョロいから、こういうかわいいのには目がないんだよねぇ～。

「ん～、いい匂い！　美味しそぉ～～」

「天海さん、せっかくだから写真撮ってSNSにアップしませんか？　このウサギのイラストなんですけど、たまにしか描いてもらえないレアなやつなんですよ。今日はいつもより空いてるから、それでサービスしてくれたのかもしれません」

「えっ、そうなんですか？　やった、私ったらラッキーですね！」

「私も今日は運が良いですよ。天海さんとランチに行く口実も——ごほんごほん」

「え？　なんて？」

「いえ、なんでもないですよ。あっ、ここでピースしてもらっていいですか？」

「あ、ハイ」

フレンチトーストセットの上に手を添えて、お互いの指先をくっつけてピース。隙間からウサギちゃんが覗いているのが映えポイントだね。

写真を撮った後は、いよいよ実食開始！

まずはトーストをナイフで切り分けて、そのまま一口。

あむっ！

「んっ、んん〜〜〜っ!!」

舌の上に乗せるや否や、間髪入れずに甘さが広がって、サイコーだよ！

牛乳と卵も生地全体に染み渡っていて、モチモチの食感が堪らないね。お持ち帰りオッケーだったら、ライムスの分も残しておいてあげようかな？

こんなに美味しいのを独り占めするだなんて、ちょっと罪悪感が湧いてきちゃうもんね。

「天海さん、どうですか？」

「すっっごく美味しいです！　ていうか、これが９９０円とか信じられないですよ。しかもコーヒーのお代わりもタダなんですよね？」

「ふふ、気に入ってくれたみたいで嬉しいです。それでその、天海さんに一つお願いがあるんですけど……」

そう言うと、須藤さんはやや上目遣いに私を見つめてきたよ。今度は小動物みたい。

今日の須藤さんはやけに表情が豊かだね？

ウサギちゃんのイラストを描いてもらえたことといい、やっぱり今日の私は運が良いのかな？

……いや、運が良かったらサインねだられたり空飛んだりしないか。

「私にできることなら聞けますけど？」

私が応じると、須藤さんは頬を赤らめながらこんなことを言い出した。

「えっと、その、フレンチトースト。天海さんに「あ～ん」ってしてもいいですか？」

「……はぇ？」

次の瞬間、私の頬も一気に熱を帯びて、自分でも赤くなってるのが分かるほどになってしまったよ。でも、そんな反応になってしまうのも無理はないよね。

だって、だってさ。「あ～ん」してもいいですか？　とか人生で言われたことないし。そもそも想定外すぎるお願いというか？

「えーっと、須藤さん？　今日の須藤さんちょっとヘンじゃないですか？　熱でもあるんですか？」

「あっ、やっぱり迷惑ですよね。ゴメンナサイ、今のは聞かなかったことにしてください」

いや、無理だよ‼

◇◆◇◆◇

「……」

「……」

どうしよう。あれから5分くらい経ったけど、なに喋ればいいのか全然分からないや。あまりにも気まずすぎるよ……。なにか話題ないかな？　なんでもいいから話せることがあれば良いんだけど。うーん。あまり気乗りはしないけれど、さっきのこと聞いてみようかな。岡田さんが私を逆恨みしてるって話。さすがにちょっと気になっちゃうもんね。

「あの、須藤さん。さっき言ってた岡田さんが逆恨みしてるっていう話、詳しく聞かせてもらってもいいですか？　どうにも気にかかっちゃって……」

「いいですよ。その代わり条件が――」

「あ～んはされてあげませんよ！」

「そんな……」

いやいや、「そんな……」なんてしょんぼりされたって困っちゃうよ！

「ねぇ須藤さん。なんで須藤さんはそんなに「あ～ん」したいんですか？　そりゃ須藤さんはいつもクールだし冷静だし格好いいし、私だって憧れてますよ？　でも、今日の須藤さんはちょっとヘンというか……」

「だって、天海さんってすっごくかわいいじゃないですか」

「え？」

「すみません。私、かわいいものには目がないんです。だから、実はずっと前から天海さんとお食事出来たらな～なんて思ってて。いまだって本当は「モナちゃん」って呼びたいのを我慢してるんですよ？」

「モナちゃんて……」

ていうか、すごいナチュラルに褒められちゃったんですけど。それにしても、まさかあの須藤さんがこんなふうに思ってくれてたなんてね。

嬉しいような恥ずかしいような、複雑な気持ちだよ。

「それに、天海さんは私のことを助けてくれ――」

と、その時、ぴろりんっ、と私のスマホが鳴ったよ。

私はポケットからスマホを取り出して、そこに表示されている名前を見てげんなりした。

「うう、よりにもよって岡田さんからだよ。ごめんなさい須藤さん、ちょっと外出てきますね？」

「あ、はい。分かりました」

「もしもし、天海です」

「てめぇ、このヤロー！」

わわっ！　岡田さんってばすごい怒ってるよ！

「あの、書類にミスとかありましたでしょうか？」

「あ？　書類は関係ねーよ。ンなことよりお前、どう責任取ってくれるんだ！　お前のせいで無関係な人間が会社に押し寄せてきて大変なことになってるんだぞ!?　――ってオイそこのお前！　カメラ取ってんじゃねー!!　だぁーもうっ、話にならねーぞこれ！　――オイ天海、お前今日はもう帰れ！　こんなんじゃ仕事になんねーよ!!」

ブチッ。

つー、つー、つー……。

「えぇ……」

店に戻って事情を説明すると、須藤さんは呆れたように溜息を吐いた。それから私に向き直って、優しく微笑みかけてくれた。

「天海さん、今回の件ですが、天海さんが責任を感じる必要はありませんよ。悪いのは人の個人情報を勝手に流した人間です。まぁ、それが誰なのかは既に分かっているんですけど」

「えっ⁉」

須藤さんはさらっと言ってのけたけど、それってすごく重要なことだよね？

「あの、須藤さん。誰が私の情報を漏らしたんですか？」

「すみません、今はまだ言えません。私にもいろいろと考えがありますから」

「そんな……。あっ、それじゃこういうのはどうですか？　教えてくれたら「あ～ん」してもいいですよ」

「……ッ⁉？」

私が条件を出すと、須藤さんは露骨に狼狽えた。

けど最後には、ガクリと肩を落として、心底残念そうな顔つきになってしまったよ。

「大変魅力的な提案ですが、ごめんなさい。やっぱり教えられません。ですが、約束します。必ずその不届者に制裁を加えて、天海さんに謝罪させると。――どうですか。納得できないですか？」

「……はぁ。分かりました。今はそれでいいですよ。でも、今言ったことは忘れないでくださいね？　約束ですよ」

「安心してください。私は、一度交わした約束は絶対に破らない主義なので」

◇◆◇◆◇

お昼ご飯を済ませた後、私と須藤さんは現地で解散したよ。別れ際、須藤さんは鞄の中からサングラスを取り出して、私に貸してくれた。

須藤さんは目が弱くて、通勤の時はサングラスをしてくるらしいよ。いつも2本持ち歩いているとのことで、私は有難く貸してもらうことにした。サングラスにマスク。ちょっと怪しいけれど、朝の電車みたいに騒ぎになるよりかはマシだよね。

「ただいまぁ～～」

ドアを開けると、猪突猛進の勢いでライムスがすっ飛んできて、私の胸元にダイブしてきた。受け止めてナデナデしてあげると、ライムスは大興奮で私のほっぺをペロペロしてきたよ。

「あははっ、くすぐったいってば！　もぉ～、ライムスったら大はしゃぎだね？」

『きゅいっ！　ぴきゅうっ!!』

「んふふっ、そっかそっか。私が早く帰ってきてそんなに嬉しいんだね？　このかわいいヤツめ！」

『きゅいぃ〜〜っ!!』

「そーだ、ライムスにとっておきのお土産があるよ！　それ食べたら、今日はダンジョン配信しちゃおっか！」

『ぴきぅっ！』

今日のライムスのお昼ご飯はフレンチトースト！　店員さんに聞いてみたら持ち帰りオッケーとのことだったので、ラップに包んでもらったよ。もちろんそれだけじゃ足りないだろうから、ダンジョンでいっぱいゴミを食べさせてあげないとね。

「はい、あ〜ん」

私があ〜んしてあげると、ライムスはぱくっと食べてから、ぷるぷると弾んでいたよ。

『きゅぴぃ〜〜』

「ふふっ、美味しそうに食べてくれて嬉しいよ。今度は一緒にお店に行こうね！」

『きゅいっ!!』

◇◆◇◆◇

「みんな、おはよー！　今日はいろいろと大変なことがあって半日で仕事を切り上げてきたよ。どういうわけか私の会社が特定されててさ。誰がやったかは分からないけど、個人情報を流すのはやめて欲しいよね！　あ、ここにもゴミがある。はいライムス、あ～んっ」

『ぴゅ～～！』

配信を開始すると、すぐに同時接続者数が百人を超えたよ。やっぱり一度でもバズると、こんなふうにファンが付いてくれるんだね。

「今日の目標はダンジョンをきれいにすることと、私のレベルを11にすることだよ。多分だけど、前よりも早くレベルが上がると思うな。なんたって私にはこれがあるのだからねっ！」

私は右手に握ったパラライズ・ソードを自慢するように見せびらかした。

「ゴブリン・アサシンからドロップしたこれがあれば、モンスターを簡単に倒せるはずだよ！というわけでライムス、どんどん進んでいこうね！」

『きゅぴいっ!!』

それにしても、ダンジョンは居心地がいいなぁ。警備員の人に話しかけてもサインを求められないし、私とライムスの姿を見ても普通に接してくれたよ。ダンジョンには他の探索者もいるけれど、みんな自分の配信で必死だから、私に気付く人も少ない。

もちろん気付く人もいたけれど、知らないフリをしてくれるから助かっちゃうよ。

「なんか私、配信者《こっち》のほうが向いてる気がしてきたよ。――あーあ、もう普通に仕事はできないのかなぁ？」

配信者としてはまだまだ駆け出しだけど、このままコツコツ活動を続けていればもっと人気が上がるかもしれないよね。

それに、私にはライムスがいる。堕落しちゃいそうだからあまり頼りたくはないんだけど、ライムスの捕食の力があれば、モンスターの核で金銭に余裕が持てるとは思うんだよ。

もしかしたら私は、分岐点に立たされているのかもしれないね。

安定した仕事を取るか？　安定を捨てて配信者として活動するか？　これはちょっと難しい問題だよ。人生を左右する選択だからね。当然、すぐに答えは決められない。

でも視聴者のみんなからは「配信に専念するべき」という意見が多かったよ。

機械音声がコメントを読み上げていく度に、私の心は少しずつ「配信者」のほうに傾いていった。

閑話　須藤光目線

私は普通が好きだ。

朝起きて、トーストにバターとジャムを塗って食べて、コーヒー片手にテレビ見て、歯を磨いて、駅まで歩いて、満員電車に揺られながら通勤する。

そして朝から夜まで会社で働いて、早ければ22時、遅くても零時には帰宅する。

帰宅したらシャワーを浴びて、パジャマに着替えて、ソファに腰を降ろして、スマホ片手に30分ほど晩酌する。そんな代り映えのしない至って普通の毎日を、この上なく愛している。

須藤光《すどうひかる》、25歳。

普通とは縁遠いからこそ、私は普通を愛し続けてきた。少しでも普通に近づけるよう、努力を続けてきた。なのに。それなのに、その普通が崩れつつある。

岡田修《おかだおさむ》。

彼がやってきてから、職場の空気は一変してしまった。岡田さんは、俗に言うパワハラ上司というヤツだ。口は悪いし、声はデカいし、機嫌がそのまま態度に出るタイプだから、周りにいる人は常に気を遣うことになる。

彼のせいで、私の同期の一人が鬱《うつ》病を発症し、そのまま退職してしまった。他にも何人もの社員が彼にイジメられて、心に深い傷を負わされた。

でも、誰も彼には逆らえない。少なくとも職場では——この部署では、彼はリーダーなのだ。

実際、リーダーとしての素質は持ち合わせていると思う。彼の出す指示は的確だし、彼自身も成績がいい。しかしその実態は、典型的なゴマ擦り人間。だから取引先の人間や上司には気に入られる。

そんなわけで彼はどんどんと増長していって、もはや歯止めが利かなくなってしまった。

それから2年後、一人の女の子が入社した。

その子は、天海最中と名乗った。

その名前を聞いた時、私は「世界はなんて狭いのだろうか」と思った。

天海最中。最中ちゃん。彼女は、私が通っていた小学校の後輩だった。とはいっても、それほど仲が良かったわけじゃない。

一緒に遊んだのも2、3回程度だったと思う。私の名前を聞いても最中ちゃんは特に反応を示さなかった。けれど、それも当然だろう。私は、ちょっと残念と思うと同時に、嬉しいとも思った。私にとっては大きな出来事。それこそ、人生を変えるほどの。

でも最中ちゃんにとって、あの出来事は取るに足らない日常の1コマでしかなかった。その事実が、堪らなく嬉しくて愛おしいと思えた。

その日。当時小学5年の私は、帰りの道で男子生徒に取り囲まれた。その男子集団はいつも私をイジメてくる。なんでも、口数が少なくて読書ばかりしてるのが気に入らないのだとか。男子生徒の数は4人。私は無視を決め込んでいたけれど、むしろ逆効果だった。無視されて腹立ったのか、男子の一人がこんなことを言い出す。

「なぁ、公園で探索者ごっこしようぜ！　もちろん俺たち4人が探索者で、須藤はモンスター役な！」

嫌だ。そう口に出す間もなく、彼らは私の手を引いて無理やり公園に連れ込んだ。そして突如として始まる探索者ごっこ。正確には、探索者ごっこという名のリンチだ。

モンスター役だから殴られろ。モンスター役だから蹴られろ。モンスター役だから歯向かうな。モンスター役だから、モンスター役だから、モンスター役だから。私は身を丸めて、必死に耐えた。だって、私は普通じゃない。普通じゃないから、そうするしかなかった。でも――。

「へへ、コイツ弱っちいぞ！　全然反撃してこないじゃないか。そう言えば俺の母ちゃんが言ってたな。須藤ンとこの父ちゃんはダンジョンで死んだって。そっか、父ちゃんが弱虫だからコイツも弱虫なんだな、ギャハハハッ!!」

その言葉で私の理性は消し飛んだ。気付いたら私は彼らに殴りかかっていた。いきなり反撃されて、彼らは慌てたように身を守りに入る。それから数秒後。私に殴られたという屈辱が怒りに転じて、彼らは4人がかりで私を痛めつけた。

スキルを発動してしまおうか？　そう思った。

普通はスキルというのは子供は使えない。大人でも、力のある人間に目覚めさせてもらわなければスキルは発動できないらしい。でも私の場合は違った。

重力場拡張収縮《グラビティ・コントロール》。

物体に作用する重力の強さと方向性を自由自在に操作する。

4歳の頃から、私はこのスキルが発動できた。お父さんには「絶対に他人に向けて使うな」と言われていたけれど、コイツらはお父さんをバカにした。だから使ってもいいだろう。大丈夫、強さの制御はできる。ちょっと痛めつけるだけ。ちょっとビビらせるだけ。

私は意を決してスキルを発動しようとした、その時だった。

「ちょっと君たち、なにしてんのさっ!?」

その子は――最中ちゃんは、正義のヒーローさながらに登場して、私のことを助けてくれた。たった一人で4人に立ち向かって、もちろん喧嘩には負けたけど、そしたら最中ちゃんは、

「全部スマホで録画してあるからね！　ネットにばら撒いてやるから!!」

だなんて言い始めて。

「だったらスマホ奪ってやるよ！」

「無駄だよ！　もうママのスマホに転送したもんね！　私たちに危害加えたらネットに流すようにお願いしたけど、まだやるの⁉」

ハッタリだ。誰が聞いても嘘だと分かる。でも、もしかしたら？　そんな疑念も残る。

結局その４人組は２歳も年下の女の子一人に折れて、私に謝ってくれた。

もし最中ちゃんが来てくれなかったら、私はスキルを使っていたかもしれない。そうしたら、彼らを傷つけていたかもしれない。そうならなかったのは最中ちゃんのお陰。だから最中ちゃんは私にとってのヒーローなのだ。

そんな最中ちゃんのことを、岡田さんは目の敵にしている。飲みに誘って断られたからというのがその理由だ。本当にくだらない。たかがそんな理由で、私の恩人をイジメるだなんて。

許せない。いや、許しちゃいけない。そう思った。

だから私は証拠を集めることにした。高性能なカメラ、高性能な録音機材。それはペンの形をしていたり眼鏡の形をしていたり、様々。高性能ということはお金がかかるということだけど、お金に糸目をつけるつもりはなかった。

理不尽に心を痛めつけられた同僚のために。そして最中ちゃんのために。岡田修という人間を全力で叩き潰すと、そう決めた。そしていま、私の手には数十枚ものカードが握られている。

岡田さんが犯してきた数々の罪。パワハラ、セクハラ、カスハラ、横領、不倫、そして最も新しいのが個人情報の流出。

なんと、最中ちゃんの個人情報を流出させたのは岡田さんだったのだ！

調べれば調べるほど、岡田さんからは埃が出てきて、笑ってしまうほどだった。もちろん私一人じゃここまで調べることはできない。

しかし私には協力者がいる。須藤光の力は矮小。けれど、影乃纏としてなら、私は世界でも戦える。影乃纏になら、力を貸してもいいという人が多くいる。

「私はただ普通に生きたいだけ。その邪魔をするというのなら、容赦はしない」

明日か明後日か明明後日か。近いうちにケリを付けよう。

そして、岡田さんが来る前までにあった、あの平和な日常を取り戻すんだ。

5章　モナカと岡田の末路編

「お、早速モンスターのお出ましだね！　いくよライムス、あいつをやっつけるよっ！」

『ぴきーーっ‼』

砂地を駆けながらこちらへ向かってきたのはウサギのモンスター。

モフモフしててかわいらしいけど、このFランクモンスターはキック・ラビットといって、その名の通り強力な蹴り技を繰り出してくるよ。

かわいい見た目とランクに騙されて油断したら痛い目をみるから、気を付けなきゃね。

だーやま「キック・ラビットかわええ～ｗ」
上ちゃん「ライムスきゅんには負けるｗ」
ｔｏｍｏ．77「それな。ライムス最強‼」
村人Ｂ「モナカさんもかわいいです！」
ノブ「見た目に騙されんようにな～」
ゆーゆ「ライムスかわええ～」

ジョン「ライムスもモナカちゃんも頑張れ！」
ライムス推し　￥１５００【ライムスしか勝たん】

「わぁっ、１５００円も!?　ライムス推しさんスパチャありがとねっ。名前もサイコーじゃんか！　よーし、応援に応えられるように頑張るぞ！　くらえっ!!」

ザンッ!!

『ププッ！』

「んにゃっ、避けられた!?　ええい、もう一発！」

私は体勢を立て直して、もう一撃剣を振った。

でも剣を振るのに慣れてないのと、キック・ラビットの機敏な動きとが相まって。なかなか攻撃が当たってくれない。

「ううっ、慣れるまで時間がかかりそうだね、これは——わわっ！」

２発目を外したタイミングで、キック・ラビットが自慢のキック攻撃を繰り出してきたよ。

なんとか避けられたけど、直撃したら痛そうだよ。それにキック・ラビットは噛みつきも強いんだ。うう、これは苦戦を強いられそうだよ。キック・ラビット——強敵だね。

「でも、私の武器はパラライズ・ソード。一撃でも当てればマヒにできるかもしれなから、それを狙って頑張ってみるよ！」

tomo.77「初心者が一番最初に躓くのがキック・ラビットなんだよね。小柄で早くてキックも噛みつきも強いから。あんまり無理はしないほうがいいかもね」
らんまる「でも最中さんもキック・ラビットの速さに対応できてて良い感じです！」
ミク@1010「キック・ラビット。手強いね」
村人B「無理だけはしないでください！」

「みんな安心して。なんたって私にはライムスがいるのだからねっ！」

ライムスだってキック・ラビットに負けてないよ！　同じく小柄なモンスターだけど、ライムスには早さも攻撃力もある。私との連携もバッチリだし、この前のテイム成功で能力だって上がってるもんね。

それに、ライムス——というよりスライムには、ちょっとした特性があるんだよ。

「さぁライムス、みんなに格好良いところ見せちゃって！」

『きゅぴーーっ!!』

ライムスはその場でぽよんぽよんと弾むと、ぐにぃ～～と平らになってから、一気にジャンプ！　そしてキック・ラビットに体当たり攻撃を仕掛けるよ！

『ぴきーーっ！』

『ププーッ!!』

キック・ラビットはライムスの攻撃を避けて反撃に移るも、既にそこにライムスはいない。

さすがはライムス。大岩と地面を上手に使って、ぴょんぴょんと跳弾しているよ。

「ふふっ、ジャンプはウサギちゃんの専売特許じゃないんだよっ！」

『プ、プププゥ??』

『ぴきぴきぃ！』

かな「おおおお、ライムスちゃんすげえええｗｗｗｗ」
安田「ウサギの武器取られてて笑った」
ｓｐｒｉｎｇ「そのままやっちゃえ！」
トマト「ライムスくんはっやｗｗ」
上ちゃん「びゅんびゅんで草」
通りすがりのＬｖ．99「よく見たらテイム紋付いてるね。テイム成功したから強さも増したのか」

ゲン「初見です。スライム早すぎて笑いました」
ミク@1010「キック・ラビット自慢のジャンピングが……w」
ライムス推し　￥300「ライムスしか勝たん！」

「ふふふ、完全に翻弄されているようだね？　ライムス、そのまま体当たり攻撃しちゃえっ！」

『ぴきゅぅーーーーーっ！！！』

ドンッッッ!!！

『ププーーーーッ！！？？？』

ライムスの跳弾攻撃で、キック・ラビットは吹き飛ばされた。絶好のチャンス！　ここでパラライズ・ソードを当てて、最低でもマヒ状態にまで持っていく！　そのまま倒しきればばいいけど、キック・ラビットはFランクの中でも体力が多いから、反撃には注意が必要だね。

「てやーーーー！」

私は全力で走って距離を詰めて、渾身の一振りを繰り出した。

ザシュッ!!

『プゥ!?』

よし、攻撃がヒットしたよ！　もう一撃！

「くらえっ、えい!!」

『プゥーー!!』

2発目を当てると、キック・ラビットの全身をパチパチと青白い光が包み込んだよ。

「これは……マヒ状態だね!?」

やった、パラライズソードの効果が出たんだ！　これは最高のチャンス！

「もう一発行くよ、えいっ!!」

『ププゥ～～～ッ!!？』

ぽふんっ！

「やった、キック・ラビット撃破！」

ゲン「キターーーーーーーー」
tomo.77「よしよし！」
村人B「ナイスです!!」
ライムス推し「ライムスしか勝たん！」
「ライムスくん最強!!!　最中さんも最強!!」
上ちゃん「これはナイスすぎる」

たなか家の長男「やるね！」

「いきなりキック・ラビットと遭遇するとは思わなかったけど、幸先《さいさき》良いスタートが切れたね。ライムスも格好良かったし！　ねー、ライムス？」

『ぴきゅいっ!!』

「えへへ、そんなペロペロしたらくすぐったいよ～」

『きゅぴぃ！』

それからも私とライムスはゴミを掃除しながら、ダンジョンを進んでいったよ。そして15時に差しかかるかどうかという頃になって。

ぱぱぱーんっ！

「あ、やった！　ねぇみんな、今レベルが上がったよ!!」

配信開始から3時間。私のレベルは1上がって11になったのだった！

「次の休みの日にステータス更新しようかな～。どれだけ数字が上がったか見てみたいしね！」

こうしてその日の配信を終えた私は、ライムスを抱えながら帰路に就いた。そして帰り道。ぴろりんっ、と通知が1件。見てみると、そこには「お父さん」と書いてあった。

「あ、お父さんからだ。なんだろ」

パパ「モナちゃん、久しぶりだね。なんか、いろいろとすごいことになっているみたいだね？　お父さん詳しいことは分からないけど、ダンジョンって危険なんじゃないのか？　お母さんもちょっと心配してたぞ？　あまり危ないことはせずに、体には気を付けてね。それと、来年のゴールデンウィークは顔を見たいな。お父さんより」

「もしかしてお父さん、私の配信見てくれてるのかな？　なんか嬉しいような恥ずかしいような……」

確かにダンジョンは危険があるよね。でも、私にはライムスがいるから大丈夫だよ。

返信すると、またもやぴろりんっ、と通知が。

今度は岡田さんからだったよ。

岡田「忙しくて電話できねーからメールで済ませるけど、お前今日の夜会社に顔出せな。22時までには来いよ。話がある。逃げるなよ！」

「ええ……。自分で早退させといて夜に顔出せって？　なんて勝手な人なんだろう」

しかもこの感じだと怒ってるよね？　うう、正直言うと行きたくないけど、仕方ないよね。

言うこと聞かなかったらまた怒鳴られちゃうし……。

陰鬱な気分を抱えたまま、私は家に戻ってきたよ。

「とりあえずシャワー浴びよっと」

モンスターとの戦闘で汗もかいていたので、シャワーで流す。それから部屋着に着替えて、
ソファに腰を降ろして、スマホを手に取る。

「え、また通知きてるよ。今日はやけにメールが多いね？　今度はなんだろう……」

メールを開いてみると、そこには「株式会社サニーライト」とあったよ。

「サニーライト？　え、え？　サニーライトって、あのサニーライト⁉」

サニーライトといえば人気急上昇中のＤｔｕｂｅｒ事務所「きららアカデミー」を抱えてるっていう、あのサニーライトだよね⁉　そんな大手企業が私なんかになんの用なの⁇

「えー、どれどれ？」


「はじめまして。きららアカデミー人事部の田部と申します。突然のメール、大変失礼いたします。天海最中様の配信を拝見し、ぜひ弊社のＤｔｕｂｅｒ事務所「きららアカデミ

――」に所属して頂きたく、ご連絡を差しあげた次第です。一度お会いして、1時間ほどお話させて頂ければと思うのですが、都合のいい日程などがございましたら、ご返信のほどよろしくお願いします。

「……え？　ええっ!?　えええええええええ～～～～～っっ！？！？？」

これ、夢じゃないよね？　現実だよね!?

「ふにっ……。うっ、普通に痛いや」

ほっぺをつねってみたけど普通に痛かった。ってことは、これは現実ってことだよね。なんだか信じられないよ。まさか私にスカウトのメールが送られてくるだなんて。

「はっ！　もしかしてこれ、詐欺なのでは!?」

人事部の田部さんって言ったよね。ちょっと調べてみようか。

「……わぁ、普通に顔出てるじゃんこの人」

ホームページにスタッフインタビューっていう欄があって、そこに顔写真付きで田部さんが紹介されていたよ。ここまで来たら疑いようがない。このスカウトメールはホンモノだよ

「なんか現実感ないなぁ。でも、Ｄｔｕｂｅｒ事務所に所属するってなると会社は辞めなきゃだよね？　う～ん、今すぐに答えを出すっていうのも無理な話だし、来週の日曜日に一回会っ

てみよっか。それで話を聞いてから、また考えればいいよね？」

はじめまして、天海と申します。お忙しい中、ご連絡いただきありがとうございます。来週の日曜日でしたらお会いできますが、いかがでしょうか？

「とりあえずこれでよしっと。それにしてもタイミング悪いな〜。岡田さんからのメールがなければもっと大喜びだったのに」

それにしてもなんの用事なんだろう？　わざわざ呼び出すほどだからよほど重要なことなんだろうけど。やっぱり、会社に無関係の人がいっぱい来ちゃったから、それで怒ってるのかな？

本当はイヤだけど、もう既読付けちゃったしなぁ。

「夜ご飯食べたら会社に行かなきゃだな〜。ライムス、こっちおいで？」

『ぴき？』

私が呼ぶと、ライムスは膝の上にちょこんと乗っかってきたよ。

「ライムス、ごめんね？　後でまた会社に行かなきゃくちゃいけないんだ。でもその代わりいっぱいプニプニしてあげるからね？」

『ぷゆ〜〜』

会社に行くことを告げるとライムスは不機嫌になったけど、プニプニを続けているとだんだんと顔がトロけてきて、ふにゃふにゃになったよ。

こういう単純なところもかわいいんだよね～。

「それじゃ行ってきます。なるべく早く帰ってこれるように頑張るから、お利口さんにしてるんだよ？」

『きゅぴぃっ!!』

「うん、いい返事だね！」

夕食後。私はライムスに見送られながら家を出た。時刻は21時。ちょっと早いけど問題ないよね。岡田さんのメールには「22時までには来い」って書いてあったし。

はぁ。それにしても、やっぱり憂鬱だなぁ。だって絶対に怒られるじゃんか。それでも行かなきゃならないんだけどね……。


「失礼します」

オフィスに入って、マスクとサングラスを取り外す。するとすぐに岡田さんと目が合った。

岡田さんはこちらまで向かってくると、「応接室」とだけ言って、廊下を歩いて行った。

私は短く会釈して、岡田さんの後をついていった。

「なんで呼ばれたか分かってるか」

応接室に入るなり、威圧感満載の低い声が飛んできた。ああもう、明らかに怒鳴る気満々じゃん！　これだからイヤなんだよなぁ……。

「えーと、私のせいで無関係の人が集まっちゃって……。その、大変ご迷惑をおかけしました。本当にすみません」

「はぁ～。ったく、これだから若いのは。あのなぁ、すみませんで済むと思ってんのか？　お前のせいでほとんどのヤツが昼休憩取れなかったんだぞ？　――そもそもな、お前がプライベートと仕事を分けてないからこういうことになったんだ。ダンジョン配信やるなとは言わねぇ。別にウチの会社は禁止してねーしな。でも、やるならやるで化粧を変えるなりウィッグ被るなり、声を変えてみるなり、仮面をつけたり……いくらでもやれることあったんじゃないのか？」

「……ハイ」

「プライベートも管理できねぇなら、ダンジョン配信なんてやめちまえッ!!」

「うっ。ご、ごめんなさい」

うう～、やっぱり怒られた。ていうか、これって私だけのせい？　確かに私にも非があったかもしれないけどさ、一番悪いのは私のプライベートを勝手に流出させたヤツじゃないの？

「で、どうすんだ。このままダンジョン配信続けるってんならお前、会社辞めなきゃならんくなるぞ」

「えっ」

「えっ、じゃねーよ。当たり前だろーが。たまたま運が良かっただけとはいえ、お前の配信はバズッちまったんだからな。もう今までのように普通に社会人やりますってワケにはいかんだろ。違うか？」

「それは……」

会社を辞める。それはつまり、安定を捨てるということ。配信者一本で生きていく。私にそんなことが可能なんだろうか？

「ま、配信やりながら仕事やる方法もあるけどな」

「え、そんな方法があるんですか？」

まさか岡田さんからこんな提案がされるだなんて、意外だよ。てっきり嫌われてると思ってたし。

「おうよ。俺のコネがあればヨユーだ。でも、タダでってのは虫が良すぎるよな？　そうは思わないか、天海」

「えっと、それは、まぁ……」

「つーかお前、ちょっと地味だけど顔はかわいいほうだよな」

え。いきなりなに？　なんの話？

「あの、話が脱線してる気が――」

ダァン!!

いきなり壁ドンされて、私は恐怖で動けなくなってしまった。岡田さんが息を荒げながら顔を近づけてくる。

「脱線してねーよ」

「え、っと……」

ヤダ、気持ち悪い。なんなの。なんでそんな目で私を見るの。

「脱げ」

「は？」

「そうすればお前の立場は保証してやる。転勤って形を取れば会社を辞める必要もなくなるしな。なに、安心しろ。俺は社長に気に入られてるからな。俺の力があれば」

「意味が分かりません！　なんでそんなこと言うんですか？」

「チッ、ごちゃごちゃウルセーな。黙って俺の言うこと聞いてりゃいいんだよ。ただでさえお前は仕事も遅ェーんだからよ」

「だからって、脱ぐだなんて出来るわけないじゃないですか!!」

「ほぉ、そうか。そりゃ残念。んじゃ～クビにするしかねーな」

「えっ、そ、それは……」

「だってしょうがねーじゃん。……いいかよく聞けよ天海。この部署では俺がリーダーだ。俺が絶対だ。だからな、俺の言うことを聞けねー人間は必要無ェーんだわ。んじゃ、おつかれちゃん！」

そう言うと、岡田さんは私の肩をポンポンと叩いて応接室から去ろうとする。

どうしよう。このまま行かせてもいいのだろうか。このままじゃ私、クビになっちゃうよ。もし配信者として上手くいかなかったら？　私が飢えるのはいい。でも、ライムスだけは……。

ライムスが苦しむのだけは、絶対にイヤだ！

「あ、あのっ！」

「おん？　なんだ？　なんか言いたいことでもあるのか、ええ？」

「……ます」

「あ？　聞こえねーよ」

「ぬ……脱ぎ、ます。そっ、そうすれば、クビには、ならないんですよね？」

「……ったく。だったら最初からそうしろよ。この問答がマジで無駄だわ」

ああもう最悪！　まさか岡田さんが私のことをそんな目で見てたなんて。

絶対に、絶対に絶対に許さないんだから！

でも、今は、今だけは言うことを聞くしかない。ライムスのためにも、リスクを背負うわけにはいかないいから。――と、その時。

コンコン、と応接室の扉が2度ノックされて。

「すみません、取り込み中です」

岡田さんが言うも、ノックは鳴りやまない。

「ったく、怠いな。ンだよ、これからいいとこだってのに――はいはい、いま開けますよ～」

そしてドアを開けた、次の瞬間。

ゴッッッ！！！！！

「ぶッッ、～～～～ッ！？！？」

鼻血をまき散らしながら、いきなり岡田さんが吹き飛んできたよ。

「……えっ？　ちょ、岡田さん!?　大丈夫ですか!?」

「うう、痛ぇ、痛えよぅっ！　なっ、なんなんだよ、なにが起きたってンだよ！？？」

うわ、鼻が曲がってる！　これ絶対に折れちゃってるじゃん、痛そう……。

ていうか、誰がこんなことを？　私は岡田さんにハンカチを渡してから、ドアのほうに視線を向けた。

そこに立っていたのは、須藤さんだった。

「す、須藤さん。どうしてここに……？」

今までに見たことのない、怒りに満ちた形相。血に染まった右拳。須藤さんは応接室に踏み入ると、扉を施錠して、それから床に蹲る岡田さんの脇腹を思いきり蹴り上げた！

「ふッ‼」

メキメキ……ッ‼

「ぁガッ⁉　う、ぉ、ォエエエエ」

びちゃびちゃと吐しゃ物が吐き出されて、鼻を突く饐《す》えた匂いが室内に広がった。

「な、なに、しやがる……、す、須藤ォッ！！！！！」

「それは私のセリフです。……最中ちゃん、怪我はない？」

「え？　あっ、ハイ。私は大丈夫ですが」

そう言うと、須藤さんは大きく息を漏らして、私のことを抱きしめてくれた。

「怖かったね。でも、もう大丈夫。今度は私が助ける番」

なにがなんだか分からない。頭の中がぐるぐる渦巻いて混乱する。でも、一つだけ分かることがある。

須藤さんは、私を助けるためにここに来てくれた。

それが分かった時、私の目からは大粒の涙が、ぼろぼろととめどなく零れ落ちてきた。

「う、ぅうっ、須藤さん。ひくっ、う、怖かったです。ぅうう、怖かったよ……」

「うん、うん。もう大丈夫だよ。一人でよく頑張ったね」

私が落ち着くと、須藤さんはすっと立ち上がり、岡田さんの顔面を容赦なく蹴り上げた。

ガッツ！！！

「ぐふっ!!　が、がは、あふが……。ち、ちくひょう。くそが、クソがぁ！　テメー、俺に！　俺に、にゃんの恨みぎゃあって、ひょ、こんなことぉ……!!」

「恨み？　数え始めたらキリがありませんが……まぁ、最中ちゃんに酷いことしようとしましたからね。それだけでも極刑に値しますよ。いいですか、この応接室には……というか社内の至る所にカメラと盗聴器を仕掛けさせてもらいました。つまり、岡田さんの言葉はなにもかも全て記録してあるということです。この意味が分かりますか？」

「がはぅ！　てめぇ。須藤テメェェ!!　俺様にこんなことしてタダで済むと思ってんン――」

「黙れ、ゲスが」

冷たく言い放つと、須藤さんは右手に魔力を集中させた。

「ウェポンズ・サモン《来ぃ》。アウシュトラウシュ・グラッヘ!!」

詠唱と共に、1丁のスナイパーライフルが出現して、私と岡田さんは目を点にして驚いた。

それは濃紺を基調とした光沢のある狙撃銃。先端は細く、中腹地点から尻にかけて、まるでビリヤードのキューのように太くなっていく。その武器は誰もが見たことのあるものだった。ダンジョン配信が好きなら、その銃の色、形、名前を諳《そら》んじることが出来て当然。だってその武器の使い手は日本最強のSランク探索者——影乃纏しかいないのだから！

「岡田さん。今からアナタの犯した罪の全てを自白してもらいます。もちろん全国に向けて配信しますが……文句は言わせませんよ？」

須藤さんが銃口を向けると、岡田さんはガクガクと震えながら、涙と鼻水と血液で顔面をグシャグシャにしながら、何度も何度も首を縦に振って頷いた。

「た、助けて……助けてくだひゃい、命だけはぁっ!!」

岡田さんは恐怖のあまり、その場で失禁してしまった。そんな岡田さんの姿を見て。私は内心、ざまぁみろと思ってしまったよ。

本当はこんなこと思っちゃいけないのかもしれないけどね。でも、あんな酷い目に遭わされそうになったんだから、こんなふうに思っちゃうのも無理はないよね。

◇◆◇◆◇

「配信をご覧の皆様、初めまして。私は岡田修という者です。この度、私は皆様に謝罪しなければなりません。それは天海最中さんの件についてです。単刀直入に申します。天海最中さんの個人情報を漏らしたのは私です。これが私の名札、こっちは免許証……まぁ、証拠の掲示はさほど必要ないでしょう。この動画が拡散されれば、真偽などすぐに明らかになりますから」

岡田さんの怪我は既に治っているよ。須藤さんが上級ポーションを用意してたから、そのお陰だね。

須藤さんは最初から動画を撮らせるつもりで、そのためにポーションを用意していたみたい。

岡田さんはガクリと肩を落としながらも、これまでに犯してきた罪の数々を自白していった。

「私は最低最悪の人間です。これまでに私は、パワハラやセクハラ、横領などの下劣な行為を繰り返し行ってきました。プライベートでも、立場の弱いコンビニ店員を怒鳴りつけたり、飲食店ではワザと髪の毛を混入させたりして、返金を強いたりもしました。それだけでなく、私は妻子がいるにも関わらず20も年下の女性と不倫関係にありました。罪悪感は微塵もなかった。世の中は金が全てで、私はたまたま仕事が得意だった。金を稼ぐ能力が他人より少しだけ優れていた――だからいつしか傲慢になって、なにをしても許されて当然だと、そう考えるようになってしまった。天海さんに対しては完全に逆恨みで動いていました。彼女が入社してから1週間近くが経過した頃、一度だけ食事に誘ったんです。信じてもらえないかもしれませんが、その時は下心などはありませんでした。純粋に、労ってやろうという気持ちだけがありました。でも、天海さんはその日用事があったらしく、私の誘いは断られてしまいました。それで私は、まるで自分が否定されたかのように思い込んでしまい、彼女には他の社員よりもキツく当たるようになってしまいました。彼女がバズったと聞いた時、チャンスだと思いました。ここで個人情報を流せば間違いなく会社に無関係の人間が押し寄せてくる。つまり、会社に迷惑がかかる。それは天海さんにとっての弱みになる……付け込むことができる。そんな下卑た考えが浮かんできて、私はそれを実行に移してしまいました。そして今日も、私は自分の立場を利用して天海さんに酷いことをしようとした。クビを免れるためには転勤するしかない。俺のコネがあれば転勤できる。でも、そうして欲しいなら服を脱げ。天海さんがどんな気持ちになるかなんて、少しも考えていなかった。自分の欲望が満たせればそれでいい。自分さえよければいい。それが私の考えでした。私はクズです。こうやって動画を撮っているのも、自分の身に危険が及んだからです。そうでなければこの動画を撮ることはあり得ませんでした。どうか皆様、私のことを好きに罵ってください。もう、全てがどうでもよくなってしまった。この先にあるのは破滅だけ。私はそれを悟ってしまったのです……」

「……これで、満足か」

疲労に満ちた声で岡田さんが呟く。その瞳はどこか虚ろで、半開きになった口からは魂が漏れ出てるんじゃないかって思うほどだった。

つい先刻までの偉そうな岡田さんは、もうどこにも居なかった。

「これから、どうするんですか？」

私が聞くと、岡田さんは乾いた笑いを浮かべた。

「別に。もう、全部どうでも良くなっちまったからな。貯金はあるし、大人しく山に籠るってのもいいかもしれないな」

そっか。そりゃそうだよね。岡田さんは私たちとは立場が違う。立場が違うってことは給料も違うわけで。でも、なんだろう。このまま岡田さんが隠居するということに、どうにも納得できない自分がいる。岡田さんは充分に制裁を受けたハズ。なのに、この胸のモヤモヤはなに？

そんな私の心境を見透かしたかのように、須藤さんが口を開いた。

「なに一件落着みたいな空気出してるんですか。まさか岡田さん、これで終わりだとでも思っているんですか？」

「……オイ。もう――もう、充分だろ。充分イジメてくれたじゃないか。今でこそ閲覧数は少ないが、この動画が真実なんてことはすぐに明らかになる。もう俺は終わった。なにもかもすべて失って、俺は破滅したんだ。だってのに、まだ、足りないってのか？」

「えぇ、足りませんね」

そして須藤さんは、鋭い舌鋒《ぜっぽう》で核心を突いた。

「だって岡田さん、まだ最中ちゃんに謝罪してないじゃないですか」

あ……。そうだ。そうだよ。私はまだ謝ってもらってない。岡田さんの口から「ごめんなさい」の言葉を聞いてない。モヤモヤの正体は、きっとそれだよ。

「おかしな話ですよね。謝罪の言葉というものは、申し訳ないと思えばこそ自然に口を突いて出るもの。でも、岡田さんの口からは未だにそれがない。つまり岡田さん。あなたは少しも反省なんかしちゃいないんですよ」

「……揚げ足取りだ」

「いや、須藤さんの言うことは的を射てると思います」

私は勇気を振り絞って、岡田さんに視線を向けた。さっきまでの恐怖はまだ残ってる。でも、ここで引くわけにはいかない。だって私は、あんなに怖い思いをさせられたんだもん！

「謝ってください。心の底から、申し訳なかったと謝罪してください!!」

「はぁ……はぁ、はぁ、て、てめーら。あんま調子こいてんじゃねーぞ？　言うに事欠いて謝れだぁ？　この俺様に??　クソガキどもが、舐めてんじゃね――」

次の瞬間、岡田さんが私に飛びかかろうとして――。

ビターーンッ!!

「ぶべっ!?」

須藤さんが足を引っかけて、岡田さんは派手に転んでしまった。

「まったく、困った人ですね。少しは学習してくださいよ、岡田さん。私に勝てないことくらい分かるでしょう?」

須藤さんに窘められて冷静さを取り戻したのか、岡田さんは観念したように項垂れてから、振り絞るように声を漏らした。

「ごめん、なさい……」

「岡田さん、これから警察を呼びます。今日この場で私にしようとしたこと。そしてこれまでやってきたこと。全部、警察の人に話せますね?」

私が問いかけると、岡田さんは涙を流しながら頷き返してきた。

これがなんの涙かは分からないけど、少しでも反省してくれるといいな。

◇◆◇◆◇

あれから——岡田さんが逮捕されてから3日が経過して、金曜日になった。

あの後はいろいろと大変だったよ。警察の人に夜遅くまで話を聞かれたり、岡田さんの上司に呼び出されたり。この3日間も、仕事のためというよりかは、社内調査のために会社に行っていたようなものだったからね。

ようやく聞き取りが一段落ついたということで、今日は特別に休みをもらったよ。

岡田さんが配信した動画は、翌日には再生回数20万回を突破していて、コメント欄には口にするのも憚られるような暴言の数々が飛び交っていた。自業自得とは思うものの、やっぱりいい気はしない。だからそれ以降、私は動画を開いていないよ。

それに、岡田さんの顔を見たら嫌なことを思い出しちゃうからね。

レイドクエスト配信がバズったと思ったら、今度は罪を告白する動画が出た。そのせいで私の名前がまたトレンド入りしたんだけど、それにも関わらず次の日の会社は静かなものだった。

野次馬たちが増えて大変になるかなと思っていたんだけど、聞いたところによると、とうとう社長さんが怒っちゃったみたいで、法的措置を検討すると発表したんだね。

そして須藤さんだけど――。

どこの国でも、Sランク探索者の処遇を決めるのはすごく難しいみたい。Sランク探索者は日本には10人しかいない。アメリカですら11人しかいないらしいから、Sランク探索者の希少性が分かるよね。

Sランク探索者は、災害時には自国を守る盾になる。そして有事の際には武力装置として機能することもある。なにより、探索者というのは未知の資源を獲得するために身を粉にして国に貢献してきた存在であり、最高峰のSランクは様々な恩赦を受けることが出来るそう。

でも須藤さんは「恩赦を受けるつもりはない」と警察に出頭したよ。

「どんな理由があれ暴力は暴力ですから」

「それじゃ私も行きます。確かに暴力はいけないことですけど、須藤さんが来てくれなかったら私は酷い目に遭わされていました。だから証言させてください。須藤さんのお陰で助けられたって」

結局、須藤さんが逮捕されることはなかったよ。

岡田さんがなにも喋らないこと、そもそも証拠がないこと、Sランク探索者の扱いが難しいこと。それに加えて探索者協会の介入があったみたい。

「協会からは半年の活動停止処分を言い渡されました……最中ちゃんを助けられたことを考えると安すぎますね。お釣りが来るくらいですよ」

スマホの向こうで、須藤さんがそんなふうに笑っていた。

「私のためにごめんなさい。助けてくれて本当にありがとうございました」

「謝らないでください。そもそも私、配信活動にそれほど力入れてないですし。それに、国に万が一の事態が生じれば私は動かざるを得なくなる。――活動停止処分とは言うものの、形式的な側面が大きいですよ」

5月12日、日曜日。息苦しさと瑞々しさを感じて目を覚ますと、私の顔の上で、ライムスがぷるぷると揺れていた。

「んにゅ……らいむしゅ、おはよ～」

『きゅぴっ!!』

「うん、今行くよ」

私はゆっくりと身を起こしてから、ふわあ～と伸びをした。

カーテンの隙間からは陽の光が漏れている。今日の天気も良さそうだね。

布団を整えてから居間にやってくると、ソファの上で、ライムスがぷるぷると揺れていた。

『ぴきゅっ!』

「今日はなに着ていこうかなぁ」

いつも同じ服装だとさすがに飽きてくるんだよねぇ。

「ちょっと陽が強いから帽子はあったほうがいいかな」

少し悩んだ結果、今日はいつもの白シャツに紺色のジャンパースカートを合わせることにしたよ。帽子は、私が麦わら帽子で、ライムスにはキャット帽子を被らせてあげてっと。

「それじゃ行こっか、ライムス！」

『ぴきゅう！』

私はライムスを連れて、自宅近くの河川敷までやってきたよ。

ここは私が最初に潜った指定番号４１１ホールがあった場所だね。もう攻略されていて、自由にお散歩できるようになっているよ。

「ライムス、浅瀬のほうまで行ったら水浴びしようか」

『きゅぴぃ!!』

「ふふっ、ライムスは冷たい場所が大好きだもんねぇ？」

『きゅいぃっ！』

ライムスを連れてお散歩していると、ちょっといいことを思い付いちゃったよ。子供の頃、お父さんとお母さんがビニールプールで遊ばせてくれたことがある。ライムスに買ってあげたら、きっと大喜びしてくれるよね。ふふ、これはサプライズにしておこっか。

『ぴきゅぅ～～っ!!』

「あはは、ちょっとライムス、冷たいってば～」

『ぴきぃっ！』

「あ、やったね⁉　だったら私もやっちゃうもんね、えいっ！」

『きゅるぅ～～⁉』

ああ、楽しいなぁ。こうやってライムスとお散歩して、水をかけあってさ。こうやって一緒にいられるだけで、こんなにも幸せだよ。

この日常を守るためにも、ライムスのためにも、これからのことは慎重に決めないとね。会社員を続けるのか。それともスカウトを受けるのか。とりあえず、給料面についてはしっかりと聞いておかなくちゃね。

「給料は、最初は40万といったところでしょうか。手取りで30万はお約束しますよ。それと、ダンジョン配信に必要な機材・装備品の貸し付け等もこちらで全面的にサポートさせていただきます。その代わり、広告収入や投げ銭によって発生する収益は我々が6割、天海さんが4割になりますね」

ライムスとのお散歩を終えて、夕方17時。

待ち合わせに場所に指定された喫茶店で、私は田部さんと落ち合ったよ。

最初の30分は当たり障りのない話をしていたけれど、話題は少しずつ契約内容の詳細にシフトしていって――そして掲示されたのが、この条件。

正直言って、手取り30万の確約はかなりおいしいと思った。今の私の給料は手取り22万円前後。光熱費や食費にも持っていかれるから、なかなか貯金が難しい。でも30万円なら無理なく貯金ができるよね。インセンティブが4割っていうのは少し気になるけど、このあたりは後で相場を調べてみようと思う。

「今、天海さんは乗りに乗ってますからね。それにライムスくんも愛嬌があってアイコニックな存在になれる。鉄は熱いうちに打てといいますが、まさしくその通りだと思うんですよ！」

田部さんは、見た目は大人しそうだけど、情熱を秘めているというか、結構熱い人みたい。個人的にこういう人は嫌いじゃないし、むしろ好感が持てるよ。とはいえ、結論を焦るのはちょっと危ないよね。

「田部さん。この書類、持ち帰らせてもらってもいいですか？　両親にも相談して、慎重に考えたいんです」

「そう、ですか。本当は今日この場で決めて欲しかったんですけど……。いや、すみません。さすがにそれは無理がありますよね。分かりました。まずは1週間待ちますので、それまでに一度ご連絡いただけますでしょうか？」

「はい、分かりました」

「天海さん、本日は応じて頂きありがとうございました。またお話しできるのを楽しみにして

います ね」

「私のほうこそ、ありがとうございました」

田部さんが去った後、私は店員さんにお代わりのコーヒーとチーズケーキをお願いして、それからもう一度書類に目を通していった。

見れば見るほどに魅力的な契約。人気が出てくればグッズ展開とかもあり得るらしい。

私はライムスがぬいぐるみやフィギュアになっているのを想像してみた。

「……えへへへ」

もしそんなことになっちゃったら最高すぎるね。ライムスがパッケージのお菓子とか出ちゃったりして？　きゃーーーっ、夢が膨らんで止まらないよ！

でも、いいとこばかりに目を向けてもいられないよね。Ｄｔｕｂｅｒとして人気になれるのは一握りだし、人気が出なかったら安定した生活を送るのも難しくなっちゃうから。

中々に難しい問題だけど……。

「お待たせしました。ホットコーヒーとチーズケーキのセットになります」

「ありがとうございます」

とりあえず今は、目の前のメニューを楽しもう！

番外編　初めてのデート!?

ちょっと早く着きすぎちゃったかな？

ポケットからスマホを取り出して、画面を確認する。時刻は9時35分。うん、やっぱりちょっと早かったみたいだね。

私は手提げカバンの中からひょこっと顔を出したライムスをナデナデしながら、提案する。

「ねぇライムス。ちょっと早く着いちゃったけど、先にお店の中で待ってようか？」

まだこの時間だというのに、気温は既に30度。このまま外で待つのはちょっと辛いものがあるよ。

『ぷゆーっ！』

「そうだね、やっぱりちょっと暑いよね」

ライムスはスライム族で、暑さにはちょっと弱い。ライムスは強い子だけど、さすがにこの陽射しは辛いみたいだね。ということで、私はライムスと一緒に店の中にやってきた。

私は席に座ってすぐにアイスコーヒーとバニラアイスを頼んだよ。アイスコーヒーは私の分、バニラアイスはライムスの分だね。

「ライムス、バニラアイス楽しみだね！」

『ぴきゅっ！』

そうだ、メニューが届くまでの間にメールを送っておかなくちゃ。今日、私とライムスは喫茶店で須藤さんと待ち合わせをしていたよ。この喫茶店は前に須藤さんと一緒に来たお店だね。

岡田さんとの一件があってから、須藤さんは謹慎処分を受けて、しばらくの間はダンジョン配信ができなくなってしまった。

須藤さんはダンジョン配信に積極的じゃないみたいだけど、それでも、このまま謝罪だけで終わるっていうのは申し訳ないよね。それで、どうにかして埋め合わせをさせてもらえないかと頼み込んだところ……。

「では、デートをしてもらえませんか？」

「デート、ですか？」

「安心してください、恋愛感情とかはありませんから。ただ、一友人として一緒に映画を見たりショッピングをしたり、そういうのをしてみたいだけです」

と、こんな具合でデートをすることになったよ。

詳しい日時はチャットアプリ【ＬＩＮＥＡＲ《リニア》】で決めたんだけど、その時にライムスも連れてきて欲しいと言っていたから、ライムスも連れてきたよ。

私は【ＬＩＮＥＡＲ】を起動して、須藤さんの名前をタップした。

モナカ「おはようございます。少し早く着いてしまったので、先にお店の中で待ってますね」

これでよしっと。私が送信ボタンを押すと、すぐに既読がついて、メッセージが返ってきた。

須藤「もしかして、麦わら帽子とサングラス着けてますか？」

え、どうして分かったんだろう？　そう思ったのと同時に後ろから肩をポンと叩かれて、私は「ひゃわっ⁉」などとヘンな声を上げてしまった。

「おはようございます、最中さん」

「須藤さん⁉」

ビ、ビックリしたぁ～～。待ち合わせの時間は10時なのに、もう着いてるだなんて思わなかったよ。

「ふふ、驚かせるつもりはなかったんですけどね。実を言うと、楽しみすぎてソワソワしちゃいまして。それで1時間も早く来ちゃったんですよ。そろそろ連絡しておこうかと考えていたら、ちょうど最中さんがやってきたものですから」

そう言うと、須藤さんは店員さんに声をかけてから私の隣の席に腰を降ろし、手提げカバンの中に視線を落とすと同時に破顔した。

「〜〜〜〜〜〜ッ‼」

手提げカバンの中には、キャップ帽子を被ったライムスがいるよ。

私の格好も、ライムスを手提げカバンの中に入れてるのも、なるべく目立たないようにするため。素顔の時と比べると全然気付かれないから、これで安心して街中を歩けるってわけ。

「お待たせしました。アイスコーヒーとバニラアイスです」

「ありがとうございます」

私がアイスコーヒーに口を付けている隣では、ライムスが美味しそうにバニラアイスを食べている。須藤さんはそんなライムスを優しくナデナデしながら、ニコニコと微笑んでいる。

うんうん、こうやって改めて見ると、ライムスって本当にかわいいよね。例えるなら、癒しの天使って感じだね。ライムスがいてくれるだけで場の空気が和むし、見てるほうは心がほわほわしちゃうんだもん。

ふふ、あんなにメロメロな須藤さんは初めて見たよ。

ライムスとはまた違ったかわいらしさがあって、見ていて微笑ましいね。

喫茶店を出た後は、近くの映画館に行ったよ。

なんでも、昔の映画が夏限定でリバイバル上映しているらしくて……。

「今の映画は昔と違ってすごく発達しているんですよ！　というのも、ＶＲＭＭＯに用いられる技術を応用して、作中に入り込んだような臨場感を味わえるんです。しかも映像と脳波をリンクさせるシンクロ技術によってカメラワークも視聴者の思うがまま。上映当時ではあり得なかった夢のような体験が――」

須藤さんは映画好きだと言っていたけれど、まさかここまでとは思わなかったよ。私はあまり映画は見ないけど、こうやって話を聞かされると、ちょっとワクワクしちゃうね。

「須藤さん。最近の映画って本当に進化してるんですね。まさかこんなビショビショになるなんて思ってもみませんでしたよ……」

須藤さんの言ったとおり、最新の映画技術はすごかったよ。ＶＲＭＭＯに用いられる技術を応用した圧倒的な臨場感。まるで物語に登場するキャラクターになったかのような当事者感というか？　自分がその場にいるかのような体験は、お話の中に入り込みたいという昔からの需要を見事に満たしていたと思う。

でもまさか、ここまでビショビショになるだなんて……。

「そりゃ、現在の技術では五感の再現までは不可能ですからね。でも安心してください。ビショビショになるのを前提で、替えの衣服を持ってきていますから」

そう言ってニッコリと微笑む須藤さん。

私はこの時になってようやく、須藤さんの狙いを察した。

「まさか須藤さん、私に自分好みの衣服を着せるために……っ!?」

「はて、なんのことですかね？　ヘンな言いがかりはやめてくださいよ」


——数分後。私は須藤さんの思い通りの姿になっていた。

麦わら帽子とサングラス、そして白無地のワンピース。正直言って柄じゃない。こんな衣服似合う気がしないし、それに普段と違って素足の露出も多くてちょっと恥ずかしいよ。

モジモジしている私を尻目に、須藤さんは次の行き先を告げた。

「次は遊園地に行きますよ。こう見えて私、遊園地が大好きなんですよ。とはいえ、友人と行くだなんて経験は初めてですけどね」

「私も家族と行ったことはありますけど、こういうのは初めてです。でも、遊園地っていったら、結構待たされたりしちゃうんじゃないですか？」

私が聞くと、須藤さんは自信あり気に「大丈夫です！」と答えた。

「東京ミッキィランドとかだったら数時間は待たされますけどね。でもこれから行くのは、そこまで混み合う場所ではないですから」

そんなふうに話してる間にも、ライムスは手提げカバンの中でニコニコと楽しそうにしていた。私たちと違って水が大好きだから、映画館でビショビショにされたのが嬉しかったのかもしれないね。

遊園地では、お化け屋敷やバイキング、コーヒーカップ等を楽しんだよ。お化け屋敷では私や須藤さんよりもライムスが驚いてて、それがすごくかわいくって、思わず笑っちゃったよ。

その後はゴーカートやジェットコースターで遊んで、最後は観覧車に乗ることになったよ。

「最中さん。今日は私のワガママに付き合って頂き、ありがとうございました」

観覧車の中。煌びやかな夜景を真下に、須藤さんがそんなことを言う。

私としては助けてもらったお礼をしただけのつもりなんだけどね。でも、こうやって感謝されるのは嬉しいね。それに、お礼をするつもりが、私もライムスもすっごく楽しんじゃった。

「ところで最中さん。今日が何の日か覚えてますか？」

急に聞かれて、私ははてと首を傾げた。

それから少しして、あっ！　と思い出す。

「そういえば、今日って七夕でしたね」

「そう。……この遊園地では、イベントの日には特別な演出があるんですよ。ほら、外を見てみてください」

私はライムスを抱きかかえて、言われたとおりに外を見やる。すると――。


ヒュウ～～～～、パァンッ！

パァン、パンッ、ヒュウウ～～～～～～、ドォンッッ!!


「わーお。見てよライムス。すっごい綺麗な花火が見えるよ」

『きゅゆう！　くーっ！』

「ふふっ。ライムスくんったら、こんなに大喜びしちゃって。本当にかわいいですね。あぁ、こんなに幸せなのは久しぶりですよ。ねぇ最中さん。もし嫌じゃなかったら、こうやってまた、デートしてもらえませんか？　もちろん友人としてですけど」

そう言って、ちょっと照れ臭そうにする須藤さん。そんなはにかんだ姿がちょっとおかしく思えて、私は笑いそうになってしまう。

「時間が合う時ならいつでもいいですよ。私のほうこそ、今日はとても楽しかったです。ありがとうございます」

私の言葉に、ライムスが『ぴきゅうっ！』と続いた。ライムスにとっても、今日のデートは楽しかったみたいだね。

ドンドンドン、と花火が打ち上がる。私もライムスも須藤さんも、ゴンドラが一周するまでの間、ずーっとその光景に目を奪われていた。

ふと、夜空に一筋の閃光が走った。

こんな幸せな日常がずっと続きますように。

私は、流れる星にそっと願いを込めるのだった。

あとがき

はじめまして、藤村です。この度は『ダンジョンのお掃除屋さん』をご購入いただき、ありがとうございます。

まずは今作の主人公、天海最中について語らせてください。実はこの子は、本来ならスローライフ作品の主人公になるはずでした。しかしいざスローライフ作品を書いてみようとしたところ、冒頭部分で躓いてしまいました。理由は、やれることが多すぎるからです。正直、どこから手を付けていいのか全く分かりませんでした。

そんなわけで天海最中はダンジョン配信作品の主人公になったのですが。そういう経緯もあるため、今作品は他のダンジョン配信物とは少し毛色が異なるものに仕上がっていると思います。言語化するなら、「スローライフ」への未練がタラタラという感じでして……。

美味しいものを食べたり、ぷよぷよのペットに癒されたり、温泉に入ってみたり、そんな感じですね。

ちなみにペットをスライムにしたのにも明確な理由があります。ｗｅｂ小説に触れている方なら容易に想像がつくとは思いますが、お察しの通り、僕は某魔王スライム様が大大大好きでして、書籍化デビューするなら、作品の軸にはスライムを！　と常々思っていました。

今作品ではライムス君と最中が目標を叶えてくれたので、本当にありがとう！　とナデナデしてあげたいですね。

次に、今作品のコンセプトについてなんですが、これはもう分かりやすいまでに「癒し」と「カワイイ」を追求しています。最中の口からもしつこいくらいに「カワイイ」という言葉を引き出していますね。

昨今、ネットやテレビを見ていると、心が疲れてしまうような出来事を数多く目にするようになりました。この作品を手に取っていただいた方の中には、家が辛い、学校が辛い、会社が辛い、そう感じている方も少なからずいらっしゃるのではないでしょうか？　そんな方々に、せめて物語の世界でくらいは癒されてほしい、ほんの少しでも温かい気持ちになって欲しい、そんな願いを込めて執筆させて頂きました。余計なお世話かもしれませんが、読者様が少しでも優しい幸せな気持ちになれることを心から祈っています。

最後に、本作の書籍化にあたって、右も左も分からない僕を優しく手解きして下さった編集様、辛いときも苦しい時も親身になって相談に乗って下さった御峰。先生、シクラメン先生、素敵なイラストを提供してくださった紺藤ココン様、そして何より、この作品を読んで応援の声を下さった読者の皆様。本当にありがとうございました！

読者の皆様とまたどこかでお会いできることを願っています！

次世代型コンテンツポータルサイト

ツギクル　https://www.tugikuru.jp/

「ツギクル」はWeb発クリエイターの活躍が珍しくなくなった流れを背景に、作家などを目指すクリエイターに最新のIT技術による環境を提供し、Web上での創作活動を支援するサービスです。

作品を投稿あるいは登録することで、アクセス数などの人気指標がランキングで表示されるほか、作品の構成要素、特徴、類似作品情報、文章の読みやすさなど、AIを活用した作品分析を行うことができます。

今後も登録作品からの書籍化を行っていく予定です。

ツギクルAI分析結果

「ダンジョンのお掃除屋さん　～うちのスライムが無双しすぎ!?　いや、ゴミを食べてるだけなんですけど？～」のジャンル構成は、恋愛に続いて、SF、ファンタジー、ミステリー、歴史・時代、ホラー、現代文学、青春の順番に要素が多い結果となりました。

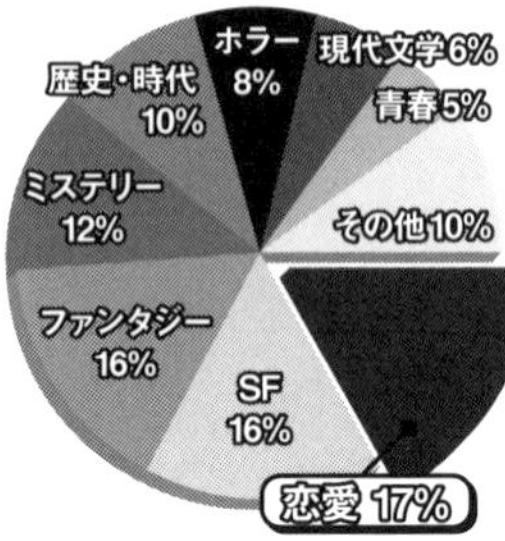

期間限定SS配信

「ダンジョンのお掃除屋さん　～うちのスライムが無双しすぎ!?　いや、ゴミを食べてるだけなんですけど？～」

右記のQRコードを読み込むと、「ダンジョンのお掃除屋さん　～うちのスライムが無双しすぎ!?　いや、ゴミを食べてるだけなんですけど？～」のスペシャルストーリーを楽しむことができます。ぜひアクセスしてください。

キャンペーン期間は2025年5月10日までとなっております。

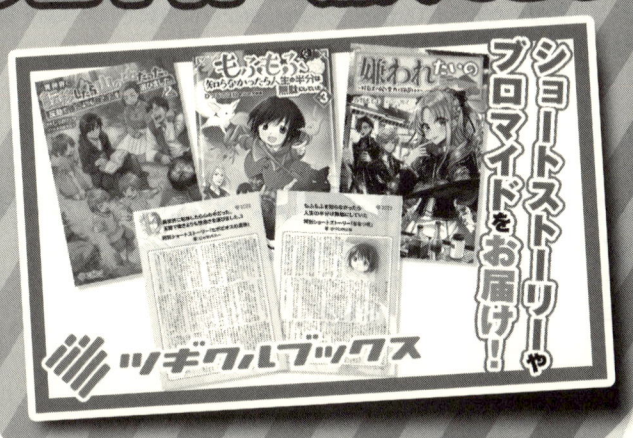